Gut gegen Nordwind

北風の吹く夜には

Daniel Glattauer

ダニエル・グラッタウアー

若松宣子［訳］

北風の吹く夜には

装　画　網中いづる
装　幀　ナカミデザイン
本文デザイン　落合雅之

1

1月15日　件名：購読中止のお願い
すみませんが、定期購読を中止したいと思います。メールでの連絡でかまいませんか？
よろしくお願いします。
E・ロートナー

18日後　件名：購読中止のお願い
定期購読を中止したいんです。メールでもいいですか？　お返事ください。
よろしくお願いします。
E・ロートナー

33日後　件名：購読中止のお願い

「ライク」編集部ご担当者さま

何度も購読中止のお願いをしているのに、ずっとお返事がないのは、内容がうすくなり続けている雑誌を、これからも買わせたいからですか。それでは申し訳ありませんが、こちらにも考えがあります。今後、お支払いは一切しません！

よろしくお願いします。

E・ロートナー

8分後　Re：

あて先のアドレスをおまちがえのようです。こちらは個人のメールで、woerter@leike.comです。あなたが連絡をとりたいのは、woerter@like.comではありませんか。購読中止のメールをよこしてきたのは、あなたで3人めです。よほどひどい雑誌なのでしょうね。

5分後　件名：

すみません！　わざわざご指摘をありがとうございます。E・R

9か月後　件名：

メリー・クリスマス。よいお年を。

エミ・ロートナー

2分後　Re：

エミ・ロートナーさん

知人といえるほどの間柄でもないのに、きわめてオリジナリティあふれる、心のこもった一斉メールをありがとうございます！　一度に大勢に送れる一斉メールは、きらいではありません。自分がその「大勢」に含まれていなければ。

レオ・ライケ拝

18分後　件名：

ご親切にわざわざメールをいただいて、本当にすみません、「ライケ拝」さん。そちらのアドレスを、アドレス帳に登録してしまっていたのです。数か月前に、雑誌購読を中止するための連絡をしようとしたとき、うっかりアドレスをまちがって入力したせいです。すぐに削除します。

PS「メリー・クリスマス。よいお年を」と伝えたいときに、「メリー・クリスマス。よいお年を」以外に、オリジナリティあふれる言葉をご存じでしたら教えていただけませんか。

とりあえず今のところは、メリー・クリスマス。よいお年を！

E・ロートナー

6分後　Re：
どうぞ、楽しい祝日をお過ごしください。そして新年が、これからのあなたのベスト80に入るようなすばらしい年になりますように。そしてもし、「アンハッピーデイ」誌を定期購読するようなことがあって（そんな雑誌はありませんが、もしそんな雑誌にふさわしいような日が続いたら）、そんなときはどうぞ……うっかり私のところに……購読中止のご連絡をください。
レオ・ライケ

3分後　件名：
グッときました！　では。E・R

38日後　件名：1ユーロだって払いません！
ライク編集部御中

前略、すでにそちらの雑誌は、文書で3度、電話で2度（いちどは女性で、ハーンさんだと思います）お断りしました。それでもまだ送ってくるなら、好意で送られてくるものと考えます。たった今送られてきた振込用紙には186ユーロとありますが、これは最新号が送られてこなくなった暁には、「ライク」購読の記念にしようと思います。

でも、1ユーロだって支払う気はないので、どうぞよろしく。

草々　E・ロートナー

2時間後　Re：

ロートナーさん、わざとやっているのですか？　それとも、「アンハッピーデイ」を購読してしまったのですか？

それでは。レオ・ライケ

15分後　件名：

ライケさん、本当に失礼なことをしてしまいました。昔から、iとeiのスペルを打ちまちがえる癖があるんです。急いで書いていると、iだけでいいところに、ついeを入れてしまうんです。それで両手の中指は、キーボードの上でいつも戦っています。左手の中指は、右より早く動きたがります。私はもともと左利きで、小学校で右利きに変えたんです。そのことを、左手はいまだに許してくれません。だからいつも左の中指は、右がiを打つより早く、eを打ってしまうのです。ご迷惑をおかけしてすみません。二度と、くり返しません（おそらくは）。

それでは、よい夜をお過ごしください。Ｅ・ロートナー

4分後　Re：

ロートナーさん、まず1つめの質問。質問をしてもよろしいでしょうか？　では次に2つめの質問。eとiのまちがいについてのメールは、どのくらい時間をかけて書きましたか？

では。レオ・ライケ

3分後　件名：

こちらからも2つ質問。どれだけかけたと思いますか？　どうしてそんなことを聞くのですか？

8分後　Re：

20秒もかかっていないことでしょう。そうだとするなら、まずはおめでとうございます。

あっという間に書かれたメールから、情報は申し分なく伝わってきました。しかも思わず、くすりと笑ってしまいました。今晩はほかに笑顔になれるようなことはなさそうですし、楽しいことをしてくれる相手もいません。そして2つめの質問の、質問した理由について。最近、仕事でEメールの言葉遣いを考えているからです。そしてもう一度、こちらから質問。20秒以下、というのは当たりでしたか？

3分後　件名：

そうでしたか、お仕事でメールに関わっているんですね。おもしろそうですね。でもちょっと、実験台にされている気がしてきました。まあ、いいでしょう。それより、ホームページを公開していますか？　もし、まだ公開していなければ、やってみたいと思いますか？　もし公開していたら、もっとデザインにこだわりたいですか？　というのも、私はホームページの仕事をしているのです（ここまではきっかり10秒。仕事の話はすらすら書けますからね。でも、それはここまででおしまい）。

eをiの前に打ってしまうまちがいを書いた、つまらないメールについては、残念ながら、まったくの見当違い。あのメールでは、たっぷり3分は貴重な時間をとられましたから。まあ、それが何の役に立つかは、わかりませんけどね。でも、今、気になってきたことがあります。どうして、eをiの前に打つ癖を説明したメールに20秒しかかからなかったと思うのですか？　もう二度とお騒がせしません（例の出版社がまた振込用紙を送ってこなければ、の話です）が、もう少し聞きたいことがあります。さっきのメールで「まず1つめの質問。質問してもよろしいでしょうか？　さて今度は2つめの質問。eとiのまちがいについてのメール……」と書きましたよね。これについて、また2つ質問です。1つめ。このジョークに、どれだけ時間をかけましたか？　2つめ。これはあなた流のユーモアですか？

1分半後　Re：

まだ見知らぬロートナーさん、その質問には明日お答えします。今はパソコンのスイッチを切ります。どうぞよい晩を、そしてよい夜を。

レオ・ライケ

4日後　件名：質問について

ロートナーさん

お返事が遅くなり、申し訳ありません。このところバタバタしていました。eとiの打ちまちがいについてのメールに20秒しかかけていないと勘違いしたのはなぜかと、おたずねでしたね。印象を言わせてもらえば、文章が滝が流れ落ちるようだからです。きっとあなたは、早口で、文章を書くのも速い、せっかちな女性でしょうね。そして日々、物事の進みが遅いと、もどかしく思っていることでしょう。あなたのメールには、まったく間《ま》というものがありません。全体の調子やテンポがエネルギッシュでよどみがなく、息つく間もないかるい興奮状態です。血圧が低い人には、こんな文章は書けません。思いつくままに、すべての思考を流し込んでいます。言葉遣いは能弁で、きわめて的確です。ただし、あのeとiのスペルミスのメールに3分以上かけたとおっしゃるなら、誤った推測かもしれません。

そして、私のユーモアについてふれてしまいましたね。語るも哀れな話です。ユーモアあふれる人間になるには、ウィットのかけらくらいはないといけません。正直にいって、私にはそんなかけらもないので、自分はまったくユーモアがない人間だと思っています。この数日、数週間をふりかえってみると、笑いとは縁遠い生活でした。けれども、それは個人的な話で、こんなところで披露はしません。楽しく気分転換させてもらいました。ありがとうございます。あなたとのメールは、まったく爽快でした。さあ、これですべての質問に、それなりに答えられたでしょう。また偶然、このメールアドレスに迷い込まれても大歓迎です。ただ一つだけ。「ライク」のキャンセルは、そろそろ片づけておいてくださいね。あの件だけは、少しうんざりしていますから。それとも私が代わりにやっておきましょうか?

それでは。レオ・ライケ

40分後　件名：

ライケさん、白状したいことがあります。eをiの前につけてしまうスペルまちがいのメールには、本当は20秒もかけなかったんです。ただちょっと、メールをさっさと書く人間だと思われたのが、しゃくにさわっただけなのです。ご推測はごもっとも。もっとも、言い当てていいというわけではありませんが。まあ、いいでしょう。それにしても、（今のところ）ユーモアのない生活とのことですが、メールはユーモアたっぷりですよ。しかも洞察力に感動しました！　語学教授なんですか？

それでは。「せっかちな」エミ・ロートナーより

18日後　件名：こんにちは

こんにちは、ライケさん、ちょっとお知らせがあってメールしています。「ライク」からは、雑誌が届かなくなりました。何かしてくださったのですか？　それにしても、一度くらいメールをくれてもいいのでは？　だってまだ、あなたが教授なのか結論が出ていないんですから。グーグルで調べても何もわからず、グーグルはあなたを知らないのでしょうか。それともあなたをうまく隠しているのか、さて、どうなんでしょう。それから、ユーモア

センスの調子はよくなりましたか？　それはともかく、年に一度の春のカーニヴァルですね。誰にも負けない仮装をなさるんでしょう？

では。エミ・ロートナー

2時間後　Re：

ロートナーさん、メールをありがとうございます。実は、メールがなかったので、ちょっとさびしかったのです。もう少しで「ライク」を注文してしまうところでした。（おや、ユーモアが芽生えてきました！）ところで本当にグーグルで検索したのですか？　それはちょっとうれしいですね。ただし、「教授」だと思われたのは、正直なところありがたくありません。老いぼれだと思われたのですね、ちがいますか？　頑固で、小うるさくて、物知りぶっている。ではなんとか、それは大まちがいだと証明してみましょう。そうでないと、みじめですから。おそらく私の書き方は、実際よりも年配に見えると思います。それにおそらくですが、あなたは、実際の年齢よりも書き方が若いのではないでしょうか。私は、コミュニケーションアドバイザーで、大学で言語心理学の助手をしています。ちょうど今は、Eメールが人間の言語行動に、いかに影響を与えているか研究しているところです。そのうちとくに重きを置いているのは、感情の伝達手段としての役割です。そのため、専門的な話をする傾向がいくらかあるのですが、これからはやめましょう。お約束します。

では、カーニヴァルを楽しくお過ごしください！　きっとそちらはピエロのつけ鼻や、巻き取り紙のついた笛などをどっさり買ったのでしょうね ;-)

レオ・ライケ

22分後　件名：

言語心理学者さん、ちょっとテストさせてください。さっきもらったメールで、私がいちばん興味を感じたのは、どこだと思いますか？　それがおもしろかったので、こうしてすぐに質問してしまっているのです（でなければ、テストしません）。

ひとつアドバイスを。あなたのユーモアに関して。「もう少しで『ライク』を注文してしまうところでした」という一文では、希望の兆しを感じました！　ところが、そこに加えられた「おや、ユーモアが芽生えてきました！」という文で、残念ながらぜんぶ台なし。あとは、ピエロの鼻と紙巻き笛のところも笑えました。私たちは、ユーモアのなさを理解できるんですね。だいじょうぶ。私はあなたの皮肉を理解し、楽しんでいます。それから、顔文字は禁止！

では！　あなたとのおしゃべりは、とっても楽しい。

エミ・ロートナー

10分後　Re：

エミ・ロートナーさんへ

ユーモアについてのアドバイスをありがとう。きっと、この私をゆかいな男性に仕立ててくれることでしょう。そして何よりも、テストをありがとうございます！　これで、私が「老いぼれの独断的な教授」タイプでは（まだ）ないと、わかってもらえるでしょう。もし私がそういうタイプだったら、こう考えたでしょう。いちばん興味をもってもらえたくだりは「ちょうど今は、Eメールが人間の言語行動に、いかに影響を与えているか……とくに重きを置いているのは、感情の伝達手段としての役割です」だろうと。でも、きっと真実はこちらでしょう。「あなたは、実際の年齢よりも書き方が若いのではないでしょうか」という部分ですね。そこで疑問がわいてきたでしょうね。どうしてこの人は、そんなふうに思ったのだろう、と。そして次に、こう考えたのではないでしょうか。この人は、私を何歳だと思っているのだろう、と。いかがでしょうか？

8分後　件名：

レオ・ライケ、ほんとにすごい人ね!!　それなら、今度は、ちゃんとした理由をひねり出してみて。どうして私が実際よりも若い文章を書いていると思うのか、説明できる理由をね。ううん、もっとはっきり言えば、私の文章は何歳くらい？　そして私は何歳？　どうして？　この問題が解けたら、ついでに、靴のサイズも当ててみて。
それでは。エミ
ほんとにあなたとのメールって楽しい。

45分後　Re：

文章のスタイルは、30歳くらい。でも実際の年齢は40歳くらいでしょう、もっといえば42歳。どうしてそう思うのかといえば……30代の女性は、ふつうは「ライク」の定期購読はしません。「ライク」の購読をやめるのは、平均的にみて50歳くらいでしょう。でもあなたはもっと若いはず。というのは、ホームページの仕事をしているから。するとやはり30歳くらいか、もっと若いかもしれない。ただし30代の人間は、「メリー・クリスマス。そしてよいお年を」というような一斉メールはクライアントに送らない。そして最後に。あなたの名前はエミ、つまりエマ。私の知人でエマという人は3人いて、3人とも40代です。30代なら、エマという名前の人はあまりないでしょう。エマという名前は、10代だとまた増えますが、あなたは10代ではありません。もし10代なら、「かっこいい」「カワイイ」「超」「キビシイ」などの言葉を使い、文法的に正しい、きちんとした文章を書くこともないでしょう。しかも、教授と思われるユーモアのわからない男とおしゃべりをして、自分がどのくらい若く思われているかなどと気にするより、ほかにすることがあるはずです。そして「エミ」についてもうひとつ。名前がエマで、たとえば実年齢より気が若くて、実際より若い文章を書くような人は、エマではなくエミと名乗るでしょう。結論です。エミ・ロートナーさん。文章は30代のようですが、実際は42歳。ちがいますか？　そして靴のサイズは36（訳注：日本の23センチくらい）。あなたは小柄で、華奢で、活発で、黒髪をショートにしていますね。そして、とても早口。ちがいますか？

それでは、よい夜を。レオ・ライケ

翌日　件名：？？？

ロートナーさん、傷つけてしまいましたか？　ご承知のとおり、私はあなたのことをまったくわかっていないのです。どうして、あなたの年齢などわかるでしょう。20歳かもしれないし、60歳かもしれません。身長1メートル90で、体重100キロかもしれない。靴のサイズは46かもしれなくて……そのせいで、靴はハンドメイドで3足しか持っていないかもしれません。そこで4足めをクレジットで買うために、「ライク」の購読を中断することになり、形式ばかりのクリスマスの挨拶でクライアントを引き止めなくてはならなかったのかもしれません。こういうわけで、どうぞ、お気を悪くなさらないよう。ごくかるい気持ちで、あなたのことをぼんやり想像して、大げさに書いてしまいました。悪気はなく、傷つけるつもりもなかったのです。

それでは。レオ・ライケ

2時間後　件名：

「教授」さん
あなたのユーモア、好きです。いつもまじめなのに、ちょっとズレていて、だからとってもすてきです！　明日メールします。今から、わくわくしています！　エミ

7分後　Re：

ありがとう！　おかげで安心して眠れます。レオ

翌日　件名：ずけずけと

レオ
「ライケさん」は、やめました。だからそちらも「ロートナーさん」は、やめてくださいね。
昨日もらったメールはおもしろくて、何度も読み返しました。「すばらしい」とほめて、点をあげたいくらいのメールでした。それに、あなたって変わった方ですね。ドキドキします。まったく知らない、会ったこともない、おそらく会うこともない人間と進んで関わろうとするんですから。相手には何も期待していないし、それにいつか何か見返りがあるかどう

かもわからないのに。男性にいかにもありがちなタイプとは、まったくちがうのがいいところですね。まず、それだけはお伝えしておきます。さて、ここからいくつか。

(1)クリスマスの挨拶の一斉メールの精神分析について、立派なご意見があるようですが、いったいどうして、そんなことを考えたのですか？　どうやら「メリー・クリスマス。よいお年を」と言われると、あなたは死ぬほどつらい思いをするみたいですね。わかりました、もう決して言わないと約束します！　それから「メリー・クリスマス。よいお年を」から年齢を割り出そうとしたなんて、びっくりしました。「メリー・クリスマス＆ハッピー・ニュー・イヤー！」と書いたら、10歳若くなったりするのですか？

(2)すみませんが、言語心理学者のレオさん、「かっこいい」「超」「キビシイ」などの言葉を使わなかったら10代ではないというのは、ちょっと世間知らずで、いかにも教授らしい発想ですね。こうして書いていますが、私のことを10代だと思ってほしいからじゃありませんよ。でも、本当のところはわかりませんね。

(3)私の文章は30代のものだと、言いましたね。そして30代の女性は雑誌の「ライク」は読まない、とも。それについては、喜んでご説明します。「ライク」は、母のために定期購読していたのです。さあ、どうします？　文章よりも私は若くなったでしょうか？

(4)これで基本的な質問を3つ投げかけましたが、あとはひとりで考えてくださいね。残念ながら予定があるのです（堅信礼のクラス？　ダンススクール？　ネイルスタジオ？

お茶会？　考えてみてください）。
それではよい一日を、レオ！　エミより

3分後　件名：

そうそう、レオ。ひとつ書き忘れました。靴のサイズは、まあまあでしたよ。サイズは37（でも、靴のプレゼントはいりません。すっかりそろっていますから）。

3日後　件名：なんとなくさびしい

レオ、3日もお返事がないので、2つの気持ちを抱えています。(1)ふしぎ。(2)なんとなく、さびしい。どちらも、いい気持ちではありません。なんとかして！　エミ

翌日　件名：やっと送ります！

エミ、まずは自己弁護させてください。毎日メールは書いていましたが、送信しなかっただけ、いえ、ちがいます、ぜんぶまた消していたのです。このメールのやりとりで、私はやっかいな問題に出くわしました。靴のサイズが37のエミという女性に、しだいに興味がわいてきてしまいました。そしてその興味は、私たちが対話している、この一定の枠の中におさまりそうにないのです。そして、靴のサイズが37のエミという女性が、私たちが

「おそらく会うこともない」というのなら、それはもちろん正しい意見で、私も賛成です。会わないことを前提にしておくのは、非常にきわめて賢明だと思います。このやりとりを、出会い系やチャットルームのレベルに落としたくはないので。

さて、そろそろこのメールを送りましょう。これで、靴のサイズが37のエミという女性の受信ボックスに、私からの何らかのメッセージが届くでしょう（いたってつまらない文章だと私もわかっていますが、これは書きたかったことの一部でしかありません）。

それでは。レオ

23分後　件名：
そうですか、そうすると言語心理学者レオは、靴のサイズが37のエミという女性がどんな容貌をしているか、知りたくないのですか？　レオ、そんなことはないでしょう！　男の人は誰だって、会ったことのない女性と話していたら、その人の姿が気になるものでしょう。しかも、できるだけ早く。だって、そうしないと、その相手と話を続けるべきか、決められないですからね。どうなんですか？
では。サイズ37のエミ

8分後　Re：

さっきのメールは、書いた文章というより、息つく間もない呼吸のようでしたね、ちがいますか？　さっきのような答えをくださるなら言いますが、あなたの容姿を知る必要はまったくありませんよ、エミ。ともかく、すでにあなたは私の前にいます。言語心理学を使う必要もありません。レオ

21分後　件名：

勘違いしてますよ、レオさん。さっきのは、とても冷静に書いたんです。本気で息巻いているときの私を、一度見てみるといいですよ。それから基本的に、私の質問に答える気がありませんね、ちがいますか？（本当のところ、あなたはどんな顔をして「ちがいますか？」と聞くのでしょう）でも、午前中にくれたメールに戻りましょう。おかしなところだらけ。まとめます。

(1)あなたはメールを何通も書いたけど、送信しなかった。

(2)あなたは私に次第に興味がわいてきたけど、それは「私たちが対話している、この一定の枠の中におさまりそうにない」のですね。いったいどういう意味ですか？　私たちがメール交換しているのは、けっきょく会ったこともない相手に関心があるからではないんですか？

(3)あなたは私たちが会わないことを賢明、いえ、「非常にきわめて賢明だ」と思うのですね。賢明でありたいというあなたの強い意志が、うらやましいです！

(4)チャットルームのようなやりとりが、いやなんですね。それなら？　何を話題にしますか？　興味が「一定の枠」におさまるような話題とは？

(5)そしてこれは当たってほしくない推測ですが、私がした質問に一つも答えてくれる気がないようなので、最後に。書きたかったことのほんの一部しか書いていない、ということでしたよね。では、残りを書いてみてください。一文一文を楽しみます！　こちらはあなたのメールを読むのが好きなのですから。レオへ。

エミより

5分後　Re：

エミさん、もし(1)、(2)、(3)……というスタイルで書けなくなったら、あなたは、あなたでなくなってしまいますね、ちがいますか？　明日きちんとメールします。よい夜を。

レオ

翌日　Re：

エミさん、ご承知でしょうが、私たちは互いのことをまったく知りませんよね？　お互いに、バーチャルな世界で、幻をつくりあげています。いろいろ質問しあいましたが、まともな答えが出ないことに魅力があったのです。スポーツのようなもので、相手への好奇心を起こし、かきたて続け、いつまでも満足しきることはないのです。行間を読もうとし、単語間、文字間までをも覗こうとします。そして懸命に相手を正しく見積もろうと心をくだきます。同時に、自分たちの本質は何ももらさないように、綿密に考えます。本質でないこととは、何でしょうか？　……まったく何もないということです、お互いに生活のことはまったくふれていません、日常生活で何をしているのか、大切なものは何かということも。

私たちは空気のない空間で対話しています。互いにどんな仕事をしているか、礼儀正しく明かしました。あなたはホームページの話を論理的にすばらしく説明し、こちらは事務的に（ひどい）レポートを作成しました。これですべて。くだらないタウン誌のおかげで、互いが同じ大都市に住んでいることを知っています。でもほかは？　何もないのです。私たちだけで、ほかの人間はいません。私たちはどこにも住んでいません。年齢もありません。顔だってないのです。昼と夜の区別もつきません。時間もないところで生きています。ただ、それぞれパソコンの画面だけがあって、自分のことを厳重に秘密にしています。そして共通の趣味は、まったく見知らぬ他人への興味。ブラボー！

私に関しては、告白してしまいます。エミ、あなたにとてつもなく興味があります！

理由はわかりませんが、はっきりした原因があることはわかっています。しかし、そんなふうに興味を抱くことがばかばかしいこともわかっています。お会いすることはないでしょう。容姿や年齢がどうであろうと、どんなに魅力的なメールを何通も書いて、場合によっては会えるかもしれないとほのめかしても。メールにちりばめられたウィットが、声帯や瞳、口角、小鼻に潜んでいようと会うことはありません。この「とてつもない興味」は、メールだけを栄養にしてどんどん育っているようです。追い出そうとがんばっても、追い出せそうにありません。

さて、重要な質問をさせてください。まだ、私からのメールをほしいと思いますか？（今度は、ありがたくも、はっきりした答えをいただけそうですね）

それでは。レオ

21分後　件名：

レオ、ずいぶん、一度に盛りだくさんのメール！　一日たっぷり時間があったんでしょうね。それともこれも仕事のうち？　ほかとの時間調整はだいじょうぶですか？　確定申告はできますか？　私は自分が毒舌家だとわかっています。でもそれは文章上だけ。それに、確信がないときだけ。レオ、あなたと話していると、確信がもてなくなるんです。確かなのは、一つだけ。そう、これからもメールを書いてほしいの。ご面倒でなければ。まだはっきりとわからないようであれば、書き直します。そう、レオからのメールがほしい!! レオからのメール！　レオからのメール！　お願い！　レオからのメールがほしくて、たまらないの！

そしてこれは絶対に返事がほしいのですが。どうして理由もわからないのに、原因ははっきりしていて、私に興味を感じるのですか？　よくわからないけど、でもすてきな感じ。

それではまた、心をこめて。エミ

（PS　今回もらったメールは最高でした！　ユーモアはまったくないけど、とにかく最高！）

翌々日　件名：メリー・クリスマス

エミ、気づいたでしょうが、このところ習慣のようになっていたメールを中断していました。今日は、自分の生活について書きたいと思います。彼女は、マルレーネという名前でした。3か月前なら、彼女はマルレーネといいます、と書いたでしょう。でも今は、彼女はマルレーネでした、と書きます。未来を感じられない、常に今だけ、という時が5年たって、とうとう過去のこととなったのです。ここではマルレーネとの関係の詳細は省きましょう。いつも新たにふたりの関係を始めるときが、最高の時間でした。私たちは関係を情熱的に新たに築くのが好きだったので、数か月ごとにそうしていました。そのたびに「生涯で最高の恋」を感じましたが、一緒にいるときにはそれを感じず、いつもお互いの存在を確かめあうときだけ、感じました。

そう、そして秋にとうとう関係は終わりました。彼女には別の人ができて、その人といると、けんかできるだけではなく、ともにいると実感できるとのことでした……（その男性はスペイン線のパイロットだけど、まあそんなことはどうでもいいでしょう）。私はそれを聞いたとき、突然、これまでになくはっきり感じたのです。マルレーネこそ「我が人生の女性」で、彼女を永遠に失うことのないよう、全力で行動しなくてはいけない、と。

何週間も全力を傾け、全力にさらに力を注ぎました（これも、詳細は省きましょう）。そして彼女はもう少しで、私に、つまり私たちに最後のチャンスをくれるところだったのです。パリでのクリスマス。私の計画では……どうぞ笑い飛ばしてください、エミ……そこで結婚の申し込みをしようと思ったのです。大ばかものです。ただ彼女はまだ、「スペイン男」の帰りを待っていて、彼に私とパリのことを説明しようとしていました。彼女は、そうするのが義務だというのです。私は不安でたまらない気持ちでした。「不安でたまらない」というのがどんな状態かといえば、マルレーネとパイロットのことを考えると、スペインのエアバスが腹の中で飛び回っているような感じでした。12月19日のことでした。

その午後、私は、彼女から支離滅裂なメールを受け取りました。メールだけで、電話すら、ありませんでした。メールにはこうありました。「レオ、ムリだわ、できない。パリはまた、まやかしにしかならないわ。どうか、許して！」とか、そんな感じでした（いえ、そんな感じではなく、まさに一語一句このとおりでした）。私はすぐに返信しました。「マルレーネ、結婚したい！　心は決まった。君とずっと一緒にいたい。今なら、一緒にいられるとわかる。私たちは一つだ。最後だ、信じてくれ。パリで、すべて話そう。パリに行くと言ってくれ」

そして返信を待ちました。1時間、2時間、3時間。その間、20分おきに、うんともすんとも言わない留守番電話をチェックし、パソコンに保存してある愛のこもった昔のメールをすべて読み、よりを戻すたびに行った旅行で撮ったたくさんのデジタル写真を何度も眺めました。そしてまた、パソコンの画面をくいいるように見つめました。新着メッセージを知らせる、短く心ない音と、小さなたわいもないマークに、マルレーネとの人生、つまりそのとき考えていた未来の生活がかかっていたのです。

こうして情熱を傾ける時間は夜9時までにしようと、決めていました。マルレーネがそれまでに連絡してこなければ、パリと、私たちふたりの最後のチャンスは終わりだと考えたのです。8時57分。突然、音が鳴り、メッセージが（そして衝撃電流と心筋梗塞も）きました。一瞬目を閉じて、わずかに残った前向きな思考力をかき集め、待ちこがれた知らせに集中しました。マルレーネの承諾、2人でのパリ行き、彼女との永遠の生涯。目を開けて、メッセージを開きました。そして読んで、読んで、読みました。

「メリー・クリスマス。よいお年を、エミ・ロートナー」

「一斉メールでのクリスマスの挨拶」はたくさんだと思ったわけです。
それではよい夜を。レオ

2時間後　件名：

レオ、本当にいいお話ですね。とくに最後のオチがすてきです。この私があなたの運命に入り込んでいたなんて、誇らしいくらい。わかってます？　あなたは「バーチャルな世界」の「幻」に向かって、あらいざらい明かしたのよ。これが本当の「言語心理学者レオの私生活」なのね。今日はもう疲れて、意味のあることは書けません。でも明日は、よければ分析を送ります。そうです、(1)、(2)、(3)……のパターンです。おやすみなさい、よい夢を。マルレーネの夢など見ないよう。エミ

翌日　件名：マルレーネ

おはようございます、レオ。少しきびしくやってもいいでしょうか？

(1)あなたは、女の人とつきあうのに、初めと終わりにしか興味をもてない男性。彼女を手に入れたいと思うのは、最終的に捨てられる寸前。その間で流れる時間は……つまり、ともにいる時間のことね……は、あなたにとって退屈か、つらいもの、または両方。ちがいますか？

(2)あなたは(今回は)奇跡的に独身のまま、でも、スペインのパイロットをあなたのほぼ元カノのベッドから追い出すためには、気やすく永遠の誓いをたてるんでしょうね。結婚の誓いをかるく考えているからではないですか。ちがいますか?

(3)かつて結婚していた。ちがいますか?

(4)こちらもあなたをありありと想像できます。自己憐憫《れんびん》の感情にぬくぬくとくるまって、ラブレターを読み、古い写真を眺めるばかり。女が恋の兆しを感じるようなことや、このままつきあっていこうと希望を抱けるようなことは、何もしない。

(5)そして「私の」運命的なメールが、あなたが生きるべきか死ぬべきかを決めるメールの受信ボックスにすべり込んだ。それは私が最高のタイミングで、マルレーネが何年も舌の上でころがしていた最後通告をしたかのようだった。

「レオ、終わりよ、始まってもいなかったからよ!」

あるいは別の言葉で、もっとややこしくて、詩的で情緒たっぷりに。

「メリー・クリスマス。よいお年を。エミ・ロートナー」

(6)でも今は堂々と、マルレーネに答える。彼女の決断に、祝福の言葉を述べる。こんな感じ。

「マルレーネ、そのとおりだ。終わりだ。始まってもいなかったのだから!」

あるいは別の言葉で、もっとややこしくて力強くエネルギーたっぷりに。

「エミ・ロートナーさん。知人といえるほどの間柄でもないのに、きわめてオリジナリティあふれる、心のこもった一斉メールをありがとうございます！　一度に大勢に送れる一斉メールは、きらいではありません。自分がその『大勢』に含まれていなければ」あなたは驚くべきご立派な敗北者ね、レオ。

(7)さて、重要な質問。今でもまだ、私からのメールをほしいと思いますか？

では、よい月曜の朝を。エミ

2時間後

Re：

こんにちは、エミ！

(1)について。(1)で巧みに説明しているような男性に失望したことがあるようですが、そういう男を思い出したからといって、私のせいではありません。どうか、メールに表れているよりも私のことをわかるとは思わないでください ね！（私のことをわかろうとしても無駄ですよ）

(2)について。結婚の誓いをたてるための迷走については、自分を大ばか者だと罵るほかありません。でも、靴のサイズが37の痛烈なエミは、道徳をふりかざし、結婚の誓いの栄誉を守るため、つばを飛ばして、また何か言うのでしょうね。

(3)について。すみませんが、まだ結婚したことはありません！　あなたは？　何度か結婚していますか、ちがいますか？

(4)について。また(1)の男性ですね。私から連想するという男。あなたに永遠の誓いをたてるよりも、昔のラブレターを読むほうがいいという男ですね。ひょっとして、そんな男は何人もいたのかもしれませんね。

(5)について。そう、あなたからクリスマスの挨拶が届いたあの瞬間、私は、マルレーネを失ったと感じました。

(6)について。あのとき返事したのは、ひどい現実から逃避するためでした、エミ。そして今日まで、あなたとメールを交わしているのは、マルレーネ整理セラピーのひとつのようなものです。

(7)について。はい、どうぞ、どうぞメールをください！　男性に対する、心の底からの不満をありったけ書いてください。どうぞ自分勝手になって、皮肉をまきちらし、人の不幸を笑ってください。それで気分がよくなれば、このメールアドレスも役に立ったというものです。もしだめだったら、あなた（あるいはお母さん）はまた「ライク」を購読して、「ライケ」をキャンセルをすればいいだけです。

それではよい月曜日の午後を。レオ

11分後　件名：

あらま！　傷つけてしまったみたいね。そんなつもりじゃなかったのよ。このくらいは平気だと思って。それでつい期待しすぎてしまいました。では、心の内に引きこもります。
おやすみなさい。エミ
ＰＳ　(3)について。私は結婚したことがあります……今も結婚しています！

2

1週間後　件名：ヒドイテンキ
今日はひどい天気ですね、ちがいますか？　それでは。エミ

3分後　Re：
⑴雨　⑵雪　⑶みぞれ　レオ拝

2分後　件名：
まだショックを受けていますか？

50秒後　Re：
　ショックなど受けていませんよ。

30秒後　件名：
それとも、既婚の女とのメールはいや？

1分後　Re：
　そんなことはありません！　ただ、どうして結婚している女性が、私のような見ず知らずの男とメール交換をしたいのか、理解できません。

40秒後　件名：
受信ボックスに、メールがあふれているんですか？　マルレーネ整理セラピーの中で、私の位置は何番め？

50秒後　Re：
　いいですね、エミ。またいつもの調子を取り戻してきましたね。さっきまでは、おずおずとして、消極的な感じでしたよね。

30分後　件名：

レオ、まじめに言うわ。どうしてもあなたとメールをしたいの。私にはこのメール交換が必要なんです。この前の月曜日に7つ書きつらねたメールは、本当に申し訳なかったと思っています。何度か読み直して、あらためて認めます。あれは読み返すと、本当にひどい文でした。問題は、私が何か言うときにどんなふうになるか、あなたにわかりようがないことです。様子がわかれば、気分を害することもないでしょう（と、少なくとも思います）。信じてください。私は、フラストレーションの塊ではありません。男性に失望したことは、もちろん人並みにあります。つまり、もちろん人並みの数の男性に、です。でも私はラッキーでした。この件については、今はとてもうまくいっています。皮肉屋になってしまうのは、怒ったり、何かを決着させたいからではなく、ゲームやスポーツをするようなものなのです。

それから、マルレーネについて書いていただいて、本当にありがとうございます。（今気づいたのですが、マルレーネのことは、まったく教えてもらっていませんね。その人は、どんな人ですか、または、だったのですか？　容姿は？　靴のサイズは？　どんな靴をはく人ですか？）

1時間後　Re：

エミ、悪く思わないでください。でも、マルレーネの靴の趣味について書く気にはなれません。浜辺では彼女はいつも裸足でした。このくらいはお知らせしてもいいでしょう。

さてここまでにしなくてはなりません。来客があるのです。

よい一日を。レオ

3日後　件名：危機

レオ、続きのメールをもらえると思っていたんです。こちらからメールをするつもりはありませんでした。私は言語心理学は勉強していないけれど、頭の中で2つのことが、ぴたりとはまりました。(1)私は、自分が結婚しているだけではなく、結婚して幸せだということを行間ににじませた。(2)1年ほど前からバーチャルな世界で会話しているけど、この前のメールはいちばん気のないものだった。そしてその後、まったく音沙汰なし。私への興味がなくなったのかもしれませんね？　私が結婚しているから、興味がなくなったのかもね。おまけに私が「幸せに結婚」しているから、よけいに。もしそうなら、せめて、そう言ってくれるのが最低限のマナーではありませんか？

それでは。エミ

翌日　件名：

レ、オ、さ、ん？

翌日　件名：

レーーーーオーーーーー、オーーーーーーイ？？？

翌日　件名：

イヤなやつ！

2日後　件名：エミからのうれしいメール

こんにちは、エミ！　いい気分です。きついゼミ旅行から帰ってきたところです。ルーマニアのブカレストは、今はまだそれほど恵まれた都市というわけではなく、色彩的にもさびしげなところです。向こうでいうところの春（大雪に、凍てつく霜）を体験してきました。帰宅してすぐパソコンのスイッチを入れて、メールを開けば、無慈悲な相手からのどうでもいいメールやひどいメールが五百通もたまっていました。その中に、言葉の才能も、表現方法も、要点を数えあげる方法もすばらしいロートナーさんのメールが4通見つかりました。やっとすてきな、心のこもったおもしろい心あたたまる文章を読むことができるのです。ルーマニアの孤独な灰色グマが雪解けを待つような気分でした。うきうきして最初のメールを開き、その後、何に出くわしたかと思えば。「イヤなやつ！」です。ご挨拶ですね、ありがとうございます！

エミ、エミ！　また、すばらしいこじつけですね。でも残念なお知らせです。あなたが「幸せな結婚」をしているのは、一向にかまわないのです。電気仕掛けの文通だけで終わらせるつもりで、深く知りあうつもりはまったくありませんでした。それに容姿についても、まったく知りたいとは思っていませんでした。送られてくる文章から、自分なりのイメージができています。自分なりのエミ・ロートナーをつくりあげたのです。そのイメージは、今でもメールのやりとりが最初に始まったときと変わっていません。それは、あなたがみじめな結婚を3度していようと、幸せな離婚を5度していようと、日々、土曜日の夜に新たな出会いを求めて大はしゃぎする独身だろうと、関係ないのです。

ただし、残念ですが、私とのメール交換は、明らかにストレスになっているようですね。それに、不思議でしかたないことがあります。つまり、幸せな結婚をしている、男性に不満のない、皮肉がわかる、自立して魅力的な、靴のサイズが37（で年齢不詳）の女性が、ときに不平を言う、失恋したばかりの、危機に弱い、ユーモアの足りない教授タイプの見知らぬ男と、どうして個人的な打ち明け話をしようとするのでしょうか。ご主人は何も言わないのですか？

2時間後　件名：

まず最初に大事なことを。孤独な灰色グマさんこと、レオ・イズ・バック・フロム・ブカレスト！　お帰りなさい。「イヤなやつ」なんて書いてごめんなさい。でも仕方ないでしょう。だって、どうすればわかるっていうんですか。メール相手の女性は、少しいばり屋で皮肉屋。この女性がじつは既婚だったとわかっても、男性は優秀でがっかりしていないなんて、わかりっこありません。それにその人が本人に会うよりも、「自分なりのエミ・ロートナーをつくりあげる」ほうがいい、なんてことも。これについてはちょっと言わせてもらっていいでしょうか。言語学者のレオさん、どんなに大胆にイメージをつくりあげたとしても、本物のエミ・ロートナーにはかないませんよ。

こんなふうに言われて、挑発された気がしましたか？　されない？　そうだと思いました。まったく逆なんでしょうね。レオ、こちらはすっかり挑発された気分です。ふつうじゃないけど、ひたむきさが伝わってきて、こちらはどんどん楽しくなってきました。私のことは、何も聞かないんですね。日々のお知らせでは、「とてつもない興味」があるようですが、そのわりには、実際のメールはとても無関心な感じ。だから、こちらも気持ちに火がついたり消えたり。今はまた、つきましたよ。でも、もしかしたら、あなたは、とても孤独で心がいじけた、うろうろ歩き回る（ルーマニアの）灰色オオカミで、女の人の目を見つめることもできないのかもしれませんね。実際に会うのが、恐ろしく怖いのかも。そして、実体のある現実の世界では落ち着けないから、夢の世界をつくりあげずにはいられないのかしら。そして筋金入りの女性コンプレックスの塊なのかもしれない。まあ、でもそれは、マルレーネに聞きたいところね。マルレーネの電話番号か、またはスペイン線のパイロットのでもいいけど連絡先を知っていますか？（ジョークです。これでまた3日も落ち込んだりしないでくださいね）

ちがうんです、レオ。私、あなたに夢中なの。大好き。とっても！ すごくすごくすごーく！ 私に会いたくないなんて信じられません。でもこれは、私たちが実際に会うべきだ、ということではないんですよ。もちろん会うべきではありません！ でも、たとえば、あなたがどんな顔なのかわかればいいとは思います。それでいろんなことがわかるから。つまり、あなたがどうしてこういう文章を書くのか、わかるでしょう。それにこういう人だから、こういう人が書くような文章を書くとわかるでしょう。あなたみたいな文章を書く人がどんな人だか、知りたくてたまりません。外見がわかれば、はっきりするでしょうね。

ついでに、言っておきます。私はここでは、夫については話したくないんです。あなたのほうは、つきあった女の人たちのことを書いていいですよ（受信ボックスの中だけにしかいないとしてもね）。こちらはいいアドバイスができると思います。女の人の気持ちはよくわかるんです。なにしろこれでも女ですから。でも夫は……、まあいいでしょう。これだけ言っておきます。夫と私はすばらしく仲がよく、子どもは2人（この子たちは、私が妊娠でつらい思いをしないでいいように、彼が連れてきてくれました）。私たち夫婦には、隠し事はありません。だから、「すてきな言語心理学者さん」とのメールのことも話してあります。彼は聞きました。「その人と会いたいのかい？」私は答えました。「いいえ」すると、こう聞かれました。「で、どうなるの？」私「何も」彼「そうなんだ」……ということです。それ以上は聞こうとしなかったし、こちらも言おうとしませんでした。これで、彼の話は終わり。いい？

さて、灰色グマさん、今度はあなたの番。あなたって、どんな外見なの？　教えてください、お願いです!!

それでは。エミ

翌日　件名：テスト
エミ、私も、あなたの、冷たいと思えば温かくなる浴槽から出られません。こうして互いに（あるいはひとりで）すわって過ごす時間に、報酬など払われません。あなたは、どうやって仕事や家族と折り合いをつけるのでしょう。おそらくお子さんたちは、シマリスや何かを3匹ずつ飼っていたりするんでしょうね。どうしてそんなに力を注いで、見知らぬ灰色グマとつきあうんですか？
そしてどうしても、私の外見を知りたいのですね。わかりました。では、ゲームをしてみましょうか。言っておきますが、くだらないゲームですよ。しかしこれで、別の側面からも、私を理解してもらえるでしょう。そうですね、女性が20人いたとしても、私なら絶対にすぐにエミ・ロートナーを見分けられます。でも、あなたのほうは、大勢の中からレオ・ライケを当てることはできないと思いますよ。テストしてみますか？　もしするなら、うまい方法を考えましょう。

では、よい朝を。レオ

50分後　件名：

いいですね、やりましょうよ！　あなたって、冒険好きなのね！　それから先に言っておきたいのだけど、悪く思わないでね。きっと、あなたの外見は、私の好みではないと思う。その可能性はとても高いの。なにしろ一目で気に入るような男の人って、ほとんどいないから。ほんのわずかに例外はいるけど（とはいえ、そのほとんどはゲイ）。逆に……、えっと、まあ、それは今は言わないでおきます。あなたは、すぐに私を見分けられると思っているんですね。それなら、私の姿が想像できているっていうことね。どんな感じでしたっけ？「42歳で、小柄で、華奢で、活発で、ショートの黒髪」うまく見つけられるといいですね、ご成功お祈りします！　では方法はどうします？　自分のを交ぜた写真を20枚送りましょうか？

では。エミ

2時間後　Re：

エミ、大勢の中にまぎれて、いつのまにか会っているというのは、どうでしょう。たとえばエルゲル通りのメッセにある、大きなカフェ・フーバーもいいですね。ご存じですよね？人がひっきりなしに出入りしています。日曜日の午後などに2時間くらい、互いにそこにいるのです。大勢が常に動いているから、互いを探そうと首を動かしても目立ちません。

あなたのおめがねにかなわず、がっかりされる可能性があるので、会ったあとも自分たちの外見は話さず、秘密のままにしておきましょう。どうしてその人だと判断したのかがおもしろいのであって、実際の外見にこだわっているわけではないですから。もう一度言っておきます。私は、あなたの外見を知りたいわけではありません。ただ、あなたを見分けたいとは思っています。そしてきっと成功します。それに、前に一度送った人物描写は正確ではなかったと今では思っています。あなたは（ご主人とお子さんがいても）、もっと若い人ではないかと思えてきました。エマ・ロートナーさん。

それからもう少し。前に送ったメールから引用してくれるのは、うれしいです。保存してくださっているということですからね。ちょっと誇らしいです。

こうして会う方法を、どう思いますか？

それでは。レオ

40分後　件名：
レオ。まだ問題があるわ。私のことが見分けられたら、私の外見がわかりますよね。私があなたを見分けられたら、こちらもあなたの外見がわかります。でも、あなたは、私の外見を知りたくないんですよね。私のほうは、失礼だけど、あなたは好みのタイプではないだろうと感じるから不安。そうしたら、私たちの物語は終わってしまうの？　それとも別の言い方をすると、こんなに急に互いのことを知りたくなるなんて、メール交換をやめたいのかしら。そうだとすると、ちょっとした好奇心を満たすだけなのに、代償が高すぎるわ。だから、お互いに匿名のままでいて、人生の終わりまで灰色グマからメールをもらうほうがいいわ。
XX（キスキス）　エミ

35分後　Re：
おやおやありがとう！　でも、こちらはまったく心配していませんよ。あなたには見分けられないだろうから。そして私のほうは、あなたの姿をありありと想像できるので、それをちょっと確認するくらいの気持ちです。もし（予想に反して）そのイメージがまちがっていたら、あなたのことは見分けられません。そうなったら、私は自分がつくりあげたイメージを守り続けますよ。

こちらからもＸＸ　レオ

10分後　件名：
マイスター・レオ、私の外見がわかっているなんて、そんなに自信たっぷりに言われると、こちらはおかしくなりそう！　図々しいと言ってもいいわ。では、ひとつだけ聞かせて。いいですか。その私のイメージを思い浮かべてみて、それは、いやな感じではない？

8分後　Re：
いい感じですよ、とっても。それは、そんなに重要なことですか？

5分後　件名：
はい、とっても重要よ。道徳神学者さん。少なくとも私には。だって私は、⑴好かれていると思うのが好き。そして、⑵好かれたい。

7分後　Re：
まだ足りませんね。⑶自分自身が好き、でしょう？

11分後　件名：

ちがいますよ、そんなに厚かましくはないわ。でも、誰かに好かれれば、自分のことも少しはらくに好きになれますよね。あなたはきっと、(4)メールの受信ボックスだけに好かれればいいんでしょう、ちがいますか？　メールは我慢強いですからね。メールが相手なら、歯を磨く必要もないし。メールのほかに、まだ何かありますか？　それとも、メールもそんなに重要ではない？

9分後　Re：

エミの血圧がまた高くなったのではないかと、心配になってきました。この話題は、しばらくふれずにおきましょう。想像上のあなたは、とてもすてきな女性です。でなかったら、こんなにたびたび思い浮かべたりしませんよ、エミ。

1時間後　件名：

そんなに私のことを考えているの？　すてきだわ。こちらもよくあなたのことを考えています、レオ。たぶん、私たち、本当に会わないほうがいいわね。おやすみなさい！

翌日　件名：乾杯

ハロー、レオ。こんなに遅くにごめんなさい。オンラインになっていたりする？　赤ワインをかるく飲まない？　もちろん、お互いにひとりきりで。こっちはもう3杯め。わかっておいてね。（もしワインは飲まないのだったら、どうか嘘をついて。そしてこう言って。たまに飲むのは好きで、グラスや、ボトルを空けることもある、でもほどほどにって。私にはね、我慢ならない人間が2種類いるの。酔っ払いと禁欲主義者）

件名：

もう4杯め、意識もなくなりそう。さあ、これが今夜のラストチャンス。

件名：

残念。もったいないことしたわね。あなたのことを考えてます。おやすみなさい。

翌日　件名：残念です

エミ、本当にすみません。パソコンの前での、ロマンチックな真夜中のイベントを逃してしまうとはもったいない。一緒にグラスを持って、あなたに乾杯し、バーチャルな世界で匿名でいるのは大反対だと言いながら、飲めたらよかったのに。白ワインでもよかったですか？　白のほうが好きなんです。そうそう、うれしいことに、嘘はつかずにすみます。私はしょっちゅう飲んでいるわけでもないし、徹底した禁欲主義者でもありません。禁欲主義者の10倍、いえ、20倍くらいはよく飲みます。たとえばマルレーネ（覚えていますか？）は、アルコールは一滴も飲みません。耐えがたいそうです。さらに困ることに、私が飲むアルコールにも一滴も耐えられないのです。わかりましたか？　そもそもそこが問題になって、感情を分かちあって生きられなくなったのです。やはり飲むのは、ふたり一緒でないと。

さて、さっきも言ったように、昨夜はお誘いを受けられず、本当に残念です。昨夜は帰りがとても遅かったので。また別の機会に、オンラインの飲み仲間になれることを楽しみにしています。レオ

20分後　件名：
帰りがとても遅かった？　レオ、レオ、夜中にどこをうろついているの？　ねえ、マルレーネの次の人ができたのね？　もしそうなら、その人の情報を詳しく教えてくれなきゃだめよ。その人のことは諦めて、と説得してあげるから。直感だけど、今はまだあなたは次の人とつきあうべきじゃないと思う。準備ができていないのよ。どっちにしても、私がいるわよ。私についてのイメージはきっと理想の女性像に近いだろうから、真夜中の２時だろうが何時だろうが、上品な赤いじゅうたんの敷かれたバー（孤独な灰色グマの教授タイプ

のためにあるようなバーね）にいる、どこかの女よりもいいはず。だから、これからはどうぞ賢くなって家にいて、たまに夜中に一緒にグラスワインを飲みましょう（特別に、白ワインも許可するわ）。そして疲れたらぐっすり眠って、翌日にはまた、夢の女神エミ・ロートナーに、元気にメールを出すのです。そうしませんか？

2時間後　Re：

エミ、まったく、またこんなふうに、嫉妬の芽のような感情を抱いてもらえるとはうれしいですね。わかっていますよ。わかっていますが、それでもうれしかったです。もちろんイタリア人のような気軽な恋愛ゲームのマネだとわかっていますが、それでもうれしかったです。私の女性関係の話は、あなたのご主人と2人のお子さんと、そのペットの6匹のシマリスと同じ扱いにしましょう。ここには存在しないのです。ここにいるのは、私たちふたりだけ。互いのためだけに存在しているのです。そうしていつまでも、どちらかが息切れするか、飽きるまでやりとりを続けましょう。こちらから音《ね》を上げることはないと思いますけどね。

では、すばらしい春の日を。レオ

10分後　件名：

ちょっと思い出しました。大勢の中でお互いを見つけられるか試すゲームはどうなったんでしたっけ？　もうやりたくないですか？　本当に、赤いじゅうたんのバーに、宵っぱりの女の子がいるのかしら。でもまあ、明後日はどうですか？　３月25日の日曜日の午後３時。人でいっぱいのメッセのカフェ・フーバーで。やってみましょうよ！　エミ

20分後　Re：

もちろん、やりましょう、エミ。あなたのことを見つけてみたいです。ただ、今週末は先約があります。明日の夕方から、３日の予定でプラハに飛ぶんです。まあ、きわめてプライベートで。でも、その次の日曜日でしたら、ゲームに存分にひたれますよ。

1分後　件名：

プラハ！　誰と？？？

2分後　Re：

いえ、エミ、そういうものではないんです。

35分後　件名：

オーケー、お好きなように（または、おいやなように）。でも、失恋の痛みを抱えて私

のところに戻ってきたりしないでくださいね！　プラハは失恋にはおあつらえ向きなんだから、とくに3月末は。何もかもがグレーで、それがさらにグレーに包まれて、夕食を食べる町の小さなレストランは、これまた世界でいちばんのダークブラウンに覆われている。退屈で憂鬱《ゆううつ》そうな店員は、ソ連の政治家のブレジネフの国家訪問のときから働いていて、その後は生きるのもやめたような人。その店員の目の前で、白い蒸しパンのクネードリキを食べて、黒ビールを飲むのよ。そのほかは何もなし。どうしてローマに行かないの？

あそこなら夏が迎えてくれるわよ。私ならあなたとローマに行くわ。

ともかく、互いを見分けるゲームは少しおあずけね。私は月曜日から1週間、スキーに行くの。もちろん、信頼できるメル友には、誰と一緒か教えられますよ。夫と2人の子どもたち。（シマリスはなし！）ヴルリッツァーは近所の人がみてくれます。ヴルリッツァーというのは、ペットの太った雄ネコのこと。ヴルリッツァー製のジュークボックスみたいに太っているの。かけられるレコードは1枚しかないけれどね。あのネコはスキーヤーがきらいなので、家で留守番なのです。

では、すばらしい夜をお過ごしください。エミ

5時間後　件名：

もう帰宅した？　それともまだなんとかバー？

おやすみなさい。エミ

4分後　Re：
もう家です。エミのチェックを待っていたんですよ。さて、これで落ち着いて眠れます。明日は早く出かける予定なので、今、言っておきます。どうぞスキーを楽しんできてください。おやすみなさい。またメールで！　レオ

3分後　件名：
パジャマは着た？　おやすみなさい。E

2分後　Re：
あなたは、裸で寝る主義でしょう？　おやすみなさい。L

4分後　件名：
ちょっと、マイスター・レオ。まったくイヤらしい質問ね。そんなこと聞かれるなんて、思わなかったわ。急にふってわいたハラハラした雰囲気を壊さないために、あえて聞かないほうがいいでしょうね。あなたは、どんなパジャマを着ているの、なんて。

では、おやすみなさい、プラハを楽しんで！

50秒後　Re：

じゃあ、裸で寝るの？

1分後　件名：

本気で知りたいのね！　でも、あなたの夢の世界のため、特別に教えてあげるわ、レオ。隣に誰がいるか次第ね。では、プラハをおふたりで楽しんでくださいね！　エミ

2分後　Re：

3人で、です！　昔なじみの女友達と、そのパートナーと一緒に行くんです。レオ
（さて、パソコンを切ります）

5日後　Re：

エミ、スキーの旅行先でメールは見られますか？　では。レオ
PS　プラハについてのご意見は大当たりでした。友人たちは、別れると決めたのです。しかし、ローマだったら、もっとひどいことが起きたかもしれません。

3日後　Re:

エミ、そろそろ戻ってくるでしょうか。チェックのメールがなくて、ちょっとさびしい気がします。夜、バーをうろついても、楽しくありません。

翌日　Re:

これで、私からのメールが受信サーバーに3通たまりましたね。では。レオ
(昨日、特別にあなたのため、というのは言いすぎですが、少なくともあなたのことを思って、新しいパジャマを買いました)

3時間後　Re:

もうメールをくれないのですか?

2時間後　Re:

まだメールが書けないのですか、それとも書きたくないのですか?

2時間半後　Re:

もし差し支えがあったら、新しいパジャマは交換だってできますよ。

40分後　件名：

まったく、レオったら、かわいい人ね!!　でも、私たちがここでしていることには、何の意味もないのよね。ここには現実の生活なんて、かけらもないんだから。スキーに行っていた1週間。これは現実生活。最高の生活のかけらではなかったけれど、なかなかいいもので、正直なところ、ほかの生活と替えようとは思わないし、このままの形で保っていきたい。この形は、この形のままだからいいんです。子どもたちにはちょっといらいらすることもあるけど、でもそれは子どもたちの、子どもとしての仕事。それに私は生みの母ではないから、ときどきふたりにそのことで文句を言われます。でも、休暇はそんな感じで、それなりになかなかいいものでした。（休暇はなかなかよかったって、書きましたっけ？）

レオ、ちょっとまじめになりましょう。私はあなたにとって夢や幻みたいなもので、リアルなのは、あなたが言語心理学的にうまく並べるわずかな文字だけ。私はあなたにとって、テレフォンセックスみたいなもの、セックスも電話もないけれど。そうね、だからメールセックス。セックスはないし、ダウンロードできるような画像もないけれど。そしてあなたは私にとって、ただの遊び相手、恋愛モードで気分をリフレッシュする相手。自分に欠けているものを埋めてもらえる。男の人と親しくなる最初の一歩を体験できる（実際に近づかなくていいように）。でも今、魅力あふれる私たちは、すでに二歩め、三歩めを踏み出している。本当は踏み込んじゃいけないのに。ゆっくりブレーキをかけるべきよね。でないと、ばかみたいに接近しすぎちゃう。私たちはもう15歳ではない、もちろん私はあなたよりずっと若いけれど、でも、もう若者ではない。だから、どうしようもないのです。

レオ、これも言っておかなくては。ときにはいらいらもしたけれど、でも全体的にはとってもすばらしくて、くつろげる、調和のとれた、おもしろい、ときにはロマンチックだった家族でのスキー旅行の間、ずっと、レオ・ライケという名前の、見知らぬ灰色グマのことを考えてしまっていました。これはよくはありません。病気ね、そうでしょ？　終わりにしなくてはいけないかしら、と聞きたいの。エミ

5分後　件名：

それから、お友達のおふたりはお気の毒でしたね。そうね、ローマだったら、きっと地獄を見たわよ。

2分後　件名：

どんな感じなの、新しいパジャマは？

翌日　Re：会うこと

エミ、せめて、お互いがわかるかどうかだけ、試してみませんか？　そうすれば、おそ

らく「禁じられた接近」を続けていいのか、すぐにわかるでしょう。エミ、そんなに簡単に、あなたのことを考えるのをやめて、メールを書くこともやめて、あなたからのメールを待つのもやめることなどできません。そんなに安易に事務的には片づけられません。ゲームはしてみませんか。どうですか？

それでは。レオ

（新しいパジャマのことは、うまく説明できません。自分の目で見て、触れてみるしかないのです）

1時間半後　件名：：

今度の日曜日、3時から5時、メッセのカフェのフーバーね。どうぞよろしく。エミ

（レオ、レオ、パジャマの「見て、触れてみるしかないのです」とは、本当に失礼なメールね。あなたからでなかったら、ずうずうしい迷惑メールだ！　と言っていたところです）

50分後　Re：：

よかった！　ですが、3時きっかりに入って、5時きっかりにお店を出るようなことをしてはいけませんよ。それにあちこち見回すのもダメ。そして目立つ行動もダメ。わかったと思って興奮してかけよってきて、「レオ・ライケね、ちがいますか？」などと声をかけ

ないでくださいね。互いには気づかれないようにするんですよ、いいですか?

8分後　件名：

はいはいはい、心配しないで、言語教授さん。そばに寄ったりしないわ。これ以上、無駄な心配をしないですむように、日曜日までメール禁止令を出しましょう。そしてゲームのあとで、再開。いいですか?

40秒後　Re：

いいですよ。

30秒後　件名：

でも、だからって、これから毎晩、バーに入り浸りなさいってことではありませんからね。

25秒後　Re：

はい、ただし、さっきのメール禁止令も、ただのジョークになりますよ。あれこれ想像して、そのたびに確認してくるならね。

20秒後　件名：
それなら、おとなしくします。では、日曜日に！
30秒後　Re：
日曜日に！
40秒後　件名：
それから歯を磨くのを忘れないでね！
25秒後　Re：
エミ、自分のメールで終わらないと気がすまないんですね、ちがいますか？
35秒後　件名：
そうなんです。でも、お返事をもらえたら、今度こそ黙ります。
40分後　Re：
パジャマについて最後に。私はこう書きましたね。「見て、触れてみるしかないのです」

と。するとあなたは、私以外からだったら、失礼な迷惑メールだと言いました。気をつけます。これからは私が失礼なことを言ったら、私だけ特別扱いせずにちゃんと失礼だと言ってください。では、はっきり説明しておきましょう。私のパジャマは、本当に触ってみるべきですよ。衝撃的なほどの肌触りです。住所を教えてもらえれば、触れるようにお送りしますよ。（またこれも迷惑メールでしょうか？）
おやすみなさい！

2日後　件名：自制心
すごい、エミ、自制心がありますね！　では、明後日、カフェ・フーバーで。
レオ

3日後　件名：
こんにちは、レオ、あそこにいましたか？

5分後　Re：
もちろん！

50秒後　件名：
やっぱり！　そうじゃないかと思ったの。

30秒後　Re：
そうじゃないかと思った、とはどういうことですか、エミ？

2分後　件名：
レオ・ライケだと思える人は、みんな問題外な感じでした、つまり、見た目が。ごめんなさい、辛らつに聞こえるでしょうけど、思ったままを言います。レオ、正直に答えてくださいね、昨日、本当に3時から5時の間に、カフェ・フーバーにいましたか？　トイレや向かいの建物の陰に隠れていませんでしたか？　ちゃんとバーやラウンジで、すわるか立つか、うずくまるか、ひざまずくかして、なんでもいいですが、そこにいましたか？

1分後　Re：
はい、エミ、本当にいましたよ。レオ・ライケかもしれないと思ったのは、どんな人たちでしたか？　お聞きしてもいいですか？

12分後　件名：

レオ、そのことについて詳しい話に入るのは、ちょっとぞっとします。でもこれだけ、教えてください。あの人ではなかったですよね、うーん、どう言えばいいのか、針金みたいなぼさぼさの髪で、背は低めでがっちりした、もとは白かったTシャツを着て、腰に紫のまがいもののスキーウェアを巻いて、バーの隅で、カンパリだか何だか赤い飲み物を飲んでいた人ではないですよね？　つまり、あなたがその人だったら、ただちょっと。まあ、好みは人それぞれですからね。きっと、こういう男をすてきだと思う女は、いっぱいいるでしょう。私は、生涯、そういう女になる可能性はゼロです。言っておかないと。正直なところ、あなたは私のタイプとはまったくかけはなれているみたい、ごめんなさい。

18分後　Re：

エミ、無防備に自分をさらけ出す態度には感嘆します。しかし「傷つけない」というのは、あなたの長所にはないようですね。外見はとても重要視しているのですね。メル友の外見が魅力的かどうかで、今後数十年の恋の仕方が大きく変わるかのようです。しかし、まずは心を落ち着けられると思いますよ。生き生きと説明してくださった、髪がぼさぼさのモンスターの外見は、私にはあてはまりませんから。でもそのままレポートを続けてください。ほかに、この人だったらいやだと思った人はいましたか？　そしてこんな疑問もわいてきます。私がその「問題外」な人間だったら、このメール交換もやめますか？

13分後　件名：

レオ、いいえ、もちろんメールは続けましょう。私のこと、わかっているでしょう。ひどく大げさにしてしまうんです。のめり込んでしまって、その世界にこもりたくなるんです。昨日のカフェでは、あなたのメールを感じさせる、ドキドキするような男の人はまったく見かけませんでした、レオ。まさにそうなるのではないかと思っていたんです。あなたのメールは、遠慮がちで、慎重だったかと思うと、いきなり大胆になって、灰色グマのような魅力があって、ちょっぴりセクシーで、怖いくらい繊細。でも、そんな人は、日曜の午後のカフェ・フーバーのつまらない面々の中には、これっぽっちもいませんでした。

5分後　Re：

本当に1人も？　見すごしただけかもしれませんよ。

8分後　件名：

レオ、またやる気が出てきました。でも、見すごしてはならない人を見すごしたとは思えないんです。左側の3番めのテーブルにすわっていた、ピアスをした変わった2人連れは、とてもいいなと思いましたよ。でも、そのふたりは10代でした。カウンターの右奥にはとてもすてきな人がいたわ。あそこでは唯一だったかもね。でもその人は、脚の長いブロンドのヴァンパイアか守護天使みたいなモデルタイプの女の子と一緒だった。その子の手をとっていて、彼女以外はどうでもいいという感じでした。それから、本当にいい感じだけど、惜しいことにばかみたいなニヤつき顔の、ボート競技のヨーロッパ代表のような逆三角形の体つきの人……え、まさか、レオ、あの人ではないわよね！　あとほかは……小さな庭で芝刈り機を動かしていそうな人、ビールのコースターを集める醸造所の株主、堅信礼の服を着てアタッシュケースを持った人、スパナの使いすぎで指が変色している日曜大工マニア。子どもっぽい夢見がちな目つきをした、永遠の坊や風のグライダー学校の学生。どこを見渡してもカリスマっぽい人はいなかった。さて、びくびくしながら質問。この中の誰が、私の言語心理学者なの？　どの人が、私のレオ・ライケ？　運命的な日曜日の午後、カフェ・フーバーで、私は彼を失ってしまったの？

1時間半後　Re：

エミ、うぬぼれるつもりはありませんが、あなたには当てられないとわかっていましたよ！

40秒後　件名：
レオ、どの人だったの？　オシエテ!!

1分後　Re：
続きは明日。今はちょっと約束があるんです、エミ。それから、神様に感謝することですね、あなたは、生涯の男性をすでに見つけられているのですから。そして遠慮しつつ言います。まだ、まったくあなたについては話していませんよね？　気づいていましたか？　エミ・ロートナーは誰だったのでしょう。それも明日。
それでは。レオ

20秒後　件名：
えっ？　おいてけぼり？　レオ、こんなのダメ！　メールして！　すぐに！　お願い！

1時間半後　件名：
本当に彼はメールしてこないわ。ひょっとしたら、彼はあの、ぼさぼさモンスターだったのかも……。

3

翌日　件名：悪夢

レオ・ライケ、わかったわ!!　たった今、汗びっしょりで目が覚めたの。これが真相ね！　まったく、完璧に仕組まれていたのよ。初めから、私には当てられないと自信たっぷりだったでしょう。当たり前よ。だって、あなたは、店員だったんだから！　店長が友人で、2時間だけ店員のふりをしていたんでしょう、ちがいますか？　どの店員かってことも、わかりましたよ。当てはまるのは、1人だけ。ほかの人は年をとりすぎているもの。あなたは背が低くてやせていて、黒いべっこう縁のメガネをかけているでしょう！

15分後　Re：

それで？　がっかりしましたか？

（それから、こんにちは）

8分後　件名：

　がっかりしたかって？　正気に返ったわ！　ショック！　かんかんに怒ってる！　ばかにされた！　だまされた。すっかり欺かれたわ。初めから、このひどいゲームを計画していたのね。あのカフェを選んだのは、あなただもの。きっと、店員みんなで何週間も私のことを笑いものにしていたのね。卑劣で、ぞっとするわ。こんなの、私が知っているレオ・ライケじゃない。私が知りあったレオ・ライケじゃない。知りあったと思っていたレオ・ライケじゃない！　もっと一ミリでも近づきたいと思っていたレオ・ライケじゃない。今回のせいで、この数か月で一緒に築きあげたものが、めちゃくちゃになっちゃったわ。お元気で！

9分後　Re：

　少なくとも気に入ってはもらえましたか？　つまり……外見的に。

2分後　件名：

　まじめに答えてほしいの？　お別れのときに、答えるわ。

45秒後　Re:
　お手数でなければ……答えをいただけるとうれしいですね。

30秒後　件名:
　ステキとは思いませんでした。ブサイクとも思いませんでした。とくに言うことはなし。とても平凡。まったく興味なし。ただ、ぶるぶるるっ！

3分後　Re:
　本当に？　ひどいですね。ただ、彼でないことをほっとするばかり。そして店員のふりをしていなくて、本当によかった。つまり、私は彼ではありません、ちがうんです、彼になることだってないのです。もちろん、ほかの店員でもありません。フロアにもキッチンにもいませんでした。制服を着た警官でもありませんでした。トイレの掃除係でもありません。私はただのレオ・ライケとして、日曜日の午後3時から5時までお客としてカフェ・フーバーにいたのです。ぐっすり眠れなかったようで、お気の毒です、「何もかもお見通しの」エミ・ロートナーさん。そして悪夢もお気の毒さま！

2分後　件名：
レオ、ありがとう!!　ちょっとウィスキーが必要ね。
15分後　Re：
では、あなたについて話しませんか。それで気持ちも休まるでしょう。前に書きましたよね。私も女性の外見は大切だと思ったとしても、その思いは明らかに、あなたのこだわり方には及ばないと。だから、リラックスして確かめられました。あのときお店には、エミ・ロートナーだと思える、すてきな女性がとくにたくさん目立っていましたね。
（ちょっと中断しなくてはいけません。会議があるんです。副業の仕事もしているので。しかし、こちらはまもなく、できなくなるでしょう）
2時間後にはまたメールします。そして、よければ続きを書きます。そろそろウィスキーのボトルは片づけたほうがいいですよ……。
10分後　件名：
(1)まだわからない。メールでは、とても近くに感じられるような文章が書けて、（ウィスキーを飲んでいるときは）エミの親しげな態度を引き出してしまえそうな人が、ほんとにわからない、こんな文章を書く人が、カフェ・フーバーでこの目で見た人の中にいたなんて！　だから、もう一度聞きます、レオ。見すごしたってこと、ありえる？ありえると言って！　だって昨日メールに書いた男性リストの中にいたなんて、いやなの。もしいたのなら、本当にお気の毒！

(2)たぶん、あのお店には、「すてきな女性がとくにたくさん目立って」はいませんでしたよ。ミスター・ライケだけは、（とくにたくさんの）女性を、すてきだと目立って思うのでしょうね。

(3)それでも、このメール交換は続けたい。あなたは、自分の好みや夢や気分で「とくにすてきな」女性の中から、エミ・ロートナーとして選んでいいですよ。レオ・ライケという人で、私は我慢しなくちゃ。本当は、その人を私が見すごしていたらいいわ。見かけが中身とはかけはなれているのだろうけど。

(4)絶対に、あなたには私のことはわかっていない。
さあ、またメールしてくださっていいですよ、レオ！

2時間後　Re：
ありがとう、エミ、ついにまたロートナー式箇条書きですね。(4)から始めてもいいですか？
私にはまったく見分けられなかったという意味なら、思い違いですよ。ただし、決めかねていることは認めましょう。３人、可能性があるのです。３人のうちのひとりだと確信しています。数字ではなく、アルファベットを記号に使ってもいいですか？　数字だと順位をつけているようなので。……さあ、以下がロートナーさん候補です。

(A)もともとのタイプです。初代エミ。バーに立っていました。左から4番め。身長はおよそ1メートル65。華奢で、ショートの黒髪。年は40弱。せっかちで、神経質そうで、動きは素早く、ずっとウィスキーグラス（!!）を揺らしながら、顔を上にあげ、視線を上から下に動かしていました（自信がないのを、傲慢《ごうまん》さで隠していました）。パンツにジャケット、流行に敏感な感じ。フェルトの小さなハンドバッグ。緑色の靴。日曜日の午後にはく靴として、百の候補から勝者として選ばれた靴のようでした（サイズは約37!!）。気づかれないようにそっと男性たちを見て、品定めしていました。顔のパーツは整っていて、少しつまり気味。美人顔。はきはきして、せっかちで、情熱的。つまり、本命のエミ・ロートナーです。

(B)対抗タイプ。ブロンドのエミ。席を3度替わりました。初めは前方右にすわっていて、それから後ろ、中央、最後にカウンターのすぐそばに移動しました。平然としていて、動きはいくらかゆっくり（初代エミよりは）。ブロンドの巻き髪の80年代風。年齢は35歳前後。飲み物は、初めはコーヒー、次に赤ワイン。タバコを吸っていました（ただふかしているだけで、中毒には見えませんでした）。身長は少なくとも1メートル75。細身で、脚が長い。赤いブランド物のスニーカー（靴のサイズはおよそ37!!）、洗いざらしのジーンズに、ぴったりとした黒いTシャツ（こんなことを言ってもよければ、胸は大きかったです）。ごくさりげなく男性を観察していました。ゆるやかな顔立ち。きれいな顔。女性的なタイプ。自信がありそうで、クール。

(C)大穴タイプ。サプライズ・エミ。フロアを歩き回ってはカウンターに何度もかるく腰かけていました。とてもびくびくした感じ。肌の色は黒めでエキゾチックで、大きなアーモンド形の目、視線はうつむき加減で、恥ずかしそうにしていました。髪は肩まであり、前髪はまっすぐ切っていて、色は黒みがかった茶色。年齢は35歳前後。飲み物は、コーヒーにミネラルウォーター。身長は約1メートル70。黒と黄色の小粋なパンツ（絶対に安物ではないでしょう）、無造作な黒いショートブーツ。特徴的な角ばった結婚指輪！（靴のサイズは約37!!）誰かを探すように見回し、表情は夢見るようで、はれやかで、かつ、物憂げ。やわらかで、きれいな顔立ち。少女っぽいタイプ。感性豊かで、内気な恥ずかしがり屋。そしてきっとだからこそ、エミ・ロートナーでしょう。

さあ、エミ、この3人でどうですか。最後に、焦らんばかりの質問(1)、あなたが私を見すごしたかどうか、の答えを。はい、もちろん私を見すごしたかもしれません。でも、見ていましたよ、申し訳ありません！　レオ

5時間後　Re：

エミ、今日はメールをもらえないのでしょうか？　うまく当てられなくてショックを受けているのですか？　私がバーをうろついているか（そして誰と一緒か）、どうでもよくなったのですか？

おやすみなさい。レオ

翌日　件名：謎だらけ

こんにちは、レオ。へとへとです。ほかのことが何も手につきません！　3人の描写はうまかったですよ。びっくりしています。あなたには驚かされっぱなし。ああ、あなたの姿を見ていなければ!!　レオ、私がその3人の中のひとりだと仮定して、どうすれば気づかれずに、そんなに正確に観察できるのですか？　ビデオでも回していたの？　だって逆に、私がその3人の中のひとりだったら、こちらもあなたがわかったはずでしょう。私がちゃんと見ていたとすると、信じたくないことが事実だと判明してしまうわけですね。あなたがあの中にいたなんて本当かしら。あの、レオ・ライケであってはいけない人たちの中に。だって、あの人たちは、ごめんなさいね、すごく退屈な感じの人ばかりだった。それに2つめの質問（今日は⑴、⑵、⑶と数字で箇条書きではなく、言葉を使います。あなたがやたらと数字を使っていて、あと足りないのは体のサイズだけ、という感じだったから）。どうしてその3人だと思ったの？

3つめの質問。その3人のうちどの人がよかった？

4つめの質問。あなたが誰だったのか、教えてください、お願い！　せめてヒントだけでも。

では、いらいらは募りつつも、心をこめて。エミ

1時間半後　Re：

なぜその3人だと思ったか、ですか？　エミ、あなたを見分けるのは簡単だと、前からわかっていました。あなたは、いわゆる「超美人」でしょう。というのは、困ったことに、あなたは自分が美人だとわかっているからです。つまり、自分が美人だと自覚していると、私に示していたのです。自分で何度も行間ににじませ、文字で描写しています。男性は自分を美人だと思うと、100パーセント自信がある女性しか、そんなことはしません。自分が「すてきな女性」だと思われ、まわりの女性がかすんでしまうくらいでなければ気に入らないでしょうね。昨日の⑵を思い出してください。ご自分で書いていますよ。「『すてきな女性がとくにたくさん目立って』はいませんでしたよ。ミスター・ライケだけは、（とくにたくさんの）女性を、すてきだと目立って思うのでしょうね」と。だからあなたは自分のことをいちばんすてきな部類の女だと思っていて、それを認めないのは失礼だと考えていますね。だから簡単だったのです。魅力的な女性で、誰かを探しているよう（カモフラー

ジュが上手だろうと下手だろうと）で、靴のサイズが37の人を探せばよかったのです。そして、そういう女性は、きっかり3人いました。

「3つめ」の質問について。3人の中で誰が1番かという質問には答えられません。3人とも、それぞれ魅力的でしたが、さいわい3人とも結婚していて、子どもが2人いて、シマリス6匹は飼っておらず、ヴルリッツァーという雄ネコを飼っています。3人ともバーチャルな世界でしか会えない存在で、私とは別の世界で生きていて、メール相手のいる場所に実際に踏み込むことはできません。何度も言ったように、私はエミ・ロートナーのことは頭（いえ、パソコンの中）で思い描いています。現実の世界で追い求めたりはしません。でも、これはそっとお伝えしておきましょう。メールであなたが表現している、もっともロートナーさんらしく思われる初代エミが、いちばんイメージに近いですね。

そして「4つめ」の質問について。私が挙げた3人の候補の中に自分がいると教えてくださったら、こちらも自分が誰だったのか、ヒントを差し上げましょう。

それでは。レオ

20分後　件名：
いいですよ、レオ。でも、先にあなたからヒントをください。そうしたら私も当たっていたかまちがっていたか言いますから！

3分後　Re：
姉妹はいますか？

1分後　件名：
いますよ、姉が。スイスに住んでいるの。どうして？　それがヒント？

40秒後　Re：
そう、さっきのがヒントですよ、エミ。

20秒後　件名：
そんなの、ヒントになってない！

1分後　Re：
私には、兄と妹がいます。

30秒後　件名：
それはいいわね、レオ。でも、その話はまた今度にしましょう。今は、その兄の弟で、妹の兄にあたる人のことで、頭がいっぱいなの。

50分後　件名：

ハロー、レオ、どこ？　休憩中？　こっちは拷問状態だわ。

8分後　Re：

私は妹のアドリエンヌに、よく会います。仲がいいんです。なんでも話しあいます。さあ、エミ、大サービスのヒントですよ。あとは、自分でうまいこと考えてみてください。そして、今度は教えてくださいね。私が挙げた、3人の「エミたち」の中にいましたか？

40秒後　件名：

レオ、謎だらけ！　はっきりしたヒントをちょうだい、お願い！　そうしたら、こちらも教えるから。

30秒後　Re：

妹がどんな人か、聞いてみてください。

35秒後　件名：
妹さんはどんな人？

25秒後　Re：
背が高くて、髪はブロンド。

30秒後　件名：
はいはい、降参します！
言語学者で、人間観察者のレオさん。私は、たしかに、その「3人のうちのひとり」です。でも、あなたの説明では、靴のサイズが同じ3人の女はみんなちがうタイプだけど、それって変よね。だって、そんなにちがう3人にひかれるなんて不思議。でも男ってそんなものよね。では、すてきな夜を。私はちょっとレオ休憩をとります。ほかの大事な用も片づけなくちゃ。
では。エミ

1時間後　Re：
では、あなたは初代エミ、1番めだったのですね。

5時間後　Re：
妹はモデルをしています。おやすみなさい！

翌日　件名：！！！！！！！！
うそでしょう！

45分後　Re：
本当です。

40秒後　件名：
脚の長い、ブロンドの、ヴァンパイアか守護天使タイプの人？

25秒後　Re：
それが妹です！

3分後　件名：
それなら、あなたは、彼女の手をとってうっとり見つめていた、あの彼だったのね。

1分後　Re：
カムフラージュです。妹はずっと女性を観察して、エミと思われる人を逐一説明してくれました。

40秒後　件名：
なんてこと、もう、あなたがどんな人だったか思い出せない！　ちらっと見ただけだったから。

15分後　Re：
ともかく、あの午後のカフェでなんとか男の面目を保てました。あなたは書いていたでしょう。「カウンターの右奥にはとてもすてきな人がいたわ。あそこでは唯一だったかもね。でもその人は、脚の長いブロンドのヴァンパイアか守護天使みたいなモデルタイプの女の子と一緒だった」と。印刷して額に入れておかなくては！

10分後　件名：
そんなにうぬぼれちゃダメ。とてもきれいなブロンドの女の子が見えただけなんだから。それで、こんな彼女と一緒なら、きっと男もすてきだろうと思っただけ。あなたのことは、ただ、わりと背が高くてわりとスリムで、わりと若くて服もおしゃれだとわかっただけです。それに記憶では、まだわりと髪もあって、歯もわりとあったと思います。印象に残ったのは、あなたの恋人だと思った人、つまり妹さんの顔つきから感じたことなの。彼女の目は、本当に心から好きで尊敬している人を見る目だった。でもそれもただエミ・ロートナーに感づかれないために、演じていただけかもね。それにしても、妹さんと来るなんて頭がいいわね。それに、妹さんと私のことを話してくれていたのもうれしい。いい感じ。あなたって、きっと本当にすてきな人なのね、レオ！（それから、あなたがボサボサ頭の人でなくて、カフェにいた、ほかのぞっとする人たちでもなくて、最高にうれしい）

30分後　Re：

実は、こちらはあなたがどんな人だか、わかっていないんですよ、エミ。アドリエンヌが挙げた候補たちに、ずっと背中を向けていましたから。妹が女目線で説明してくれたので、服装も詳しくわかったのです。というわけで、性格などはまったくわかりません。

1時間後　件名：

もうひとつ質問。レオ、これで最後。このゲームは、始めたときと同じように賢く終わりましょうね。どの「エミ」がいちばんいいと、妹さんは言ってましたか、とくに、どの人が私だと思ったのかしら。

10分後　Re：

「エミ」のひとりを言っていましたよ。「あれが、彼女かも！」と。もうひとりのことは、こう言っていました。「きっと、この人ね！」そして、3人めのことは、「彼女に恋しちゃうかもよ！」と。

30秒後　件名：

どの人に「恋しちゃう」の？？？

40秒後　Re：

エミ、その質問に答えることは、100パーセント確実にありません。なんとか聞き出そうと、無駄な努力はしないでくださいね。さて、よい夜を。楽しい「ゲーム」をありがとう。あなたのこと大好きですよ、エミ！　レオ

25秒後　件名：

胸の大きなブロンドの女ね、ちがいますか？

50秒後　Re：
無駄ですよ、エミ！

1分後　件名：
答えをはぐらかすのも、ひとつの答えね。だから、胸の大きなブロンドの人ね！

翌日の晩　件名：ツイてない一日
レオ、今日はいいことあった？　こちらはツイてない日でした。おやすみなさい。エミ
（それから、今はエミのことを考えるときは、どのエミのことを考えるの？　まだエミのことを考えてくれているといいんだけど！）

3時間半後　Re：
エミのことを考えるときは、妹が説明してくれた3人のエミではなく、4人めの私がつくり出したエミのことを考えます。そう、今でもはっきりエミを想像できるんです。今日はツイていなかったなんて、何かあったのですか？
よい夜を、そしてよい朝を。レオ

翌日　件名：いい一日！

おはよう、よい朝ね。ほら、レオ、こんなふうにいい一日は始まるのよ！　受信ボックスを開けると、レオ・ライケからのメールが光っているの。昨日はひどい日でした。レオからのメールがなかったから。まったくなし。1通もなし。これっぽっちもレオからの連絡はなし。そんな日はどんな一日になるっていうの？

レオ、言いたいことがあるの。私たち、終わりにしたほうがいいんでしょうね。私は、あなたにのめり込みすぎ。男の人からのメールを一日中待っているわけにはいかない。その人は、私に会ったとき私に背を向けていて、私と知りあいになりたくなくて、ただ、メールだけの関係でいたくて、私の言葉を使って、自分だけの女をつくりあげる男。それも、おそらく現実の世界の女に、耐えがたいほどつらい目にあわされたから、という理由で。このまま続けられない。心がそわそわしてしまう。わかってもらえますか、レオ？

2時間後　Re：

はい、よくわかります。では、ロートナー式の4つの質問に答えてくれないといけませんよ。

(1)私と現実の世界で会いたいのですか？

(2)何のために？

(3)行き着く先は？

(4)ご主人には伝えますか？

30分後　件名：
(1)の答え。あなたと現実の世界で会いたいかって？　もちろん会いたいです。現実のほうが、非現実よりいいでしょう？
(2)の答え。何のために？　それは知りあったら、わかると思います。
(3)の答え。行き着く先は？　行き着く先まで。そこに何もなければ、行き着くべきではなかったということでしょう。ともかく、なるようになるのです。
(4)夫に伝えるかって？　行き着く先がわかったら、その答えもわかります。

5分後　Re：
　では、ご主人を裏切るのですか？

1分後　件名：
誰がそんなこと言ったの？

40秒後　Re：
　そう読み取れました。

35秒後　件名：
読み取りすぎないよう、ご用心を。

2分後　Re：
　ご主人に何か不満でも？

15秒後　件名：
何も。まったくありません。どうして不満があるなんて、思ったのですか？

50秒後　Re：
　そう読み取れました。

30秒後　件名：
どこからそんなことが読み取れるの？（だんだん、その言語心理学的読み取りにいらい

らしてきたわ）

10分後　Re：

私に何かを求めていますよね。あなたがそれを訴える方法から、読み取っているのですよ。何を求めているかはふたりで会えば、わかるのでしょうね。でもあなたが何かを求めているということは、否定のしようがありません。それともこうでしょうか。あなたは何かを探している。冒険と呼びましょうか。冒険を探し続ける者は、何も体験できない。ちがいますか？

1時間半後　件名：

たしかに、私は何かを探している。大至急、司祭を探して、夫を裏切るとはどういうことか教えてもらいたいわ。あるいはせめて、司祭自身がそれをどう想像するか聞きたいわ。そもそも、妻は聖母マリアで、家の外に女なんているわけもないから、「裏切り」とはまったく無縁の司祭。妻を裏切ったことなどない司祭に、パートナーを裏切ることをどう想像するのか、と。レオ、メロドラマの『ソーン・バーズ』（訳注：オーストラリアの作家、コリーン・マッカラの１９７７年のベストセラー）の本なんて開かないで！　私は別にあなたとの「冒険」を求めているわけではないの。ただ、あなたがどんな人なのか、会ってみたいだけ。メル友をこの目で一度見てみたいだけ。それを「裏切り」というなら、私は裏切りのできる女と認めるわ。

20分後　Re：

でもきっと、ご主人には何も言わないのでしょう？

15分後　件名：

レオ、そんなに道徳をふりかざさないで！　どうぞ、自分だけのことを考えて、私のことには口をはさまないでください。幸せな結婚をしているからって、日々誰と会ったか、何があったかなんて、報告書をパートナーに出す義務があるわけではないですからね。そんなものを出しても、ベルンハルトは、死ぬほどつまらない思いをするだけだろうけど。

2分後　Re：

では、私と会っても、あなたのベルンハルトに何も言わないのですね？　死ぬほどつまらない思いをさせるのではないかと心配で。

3分後　件名：

まったく、「あなたのベルンハルト」っていう書き方ったら、レオ！　夫という存在は大事よ。でもそれは、彼が私の所有物で、毎日24時間そばに鎖でつないで撫でてやって、「私のベルンハルト！」と、ささやき続けることではないわ。レオ、本当にあなたって、結婚ってものがわかってないのね。

5分後　Re：

エミ、結婚についてはまだ一言も言っていませんよ。それに、私の最後の質問に答えていませんね。でも、最近、何と言っていましたっけ。……答えをはぐらかすのも、ひとつの答えですね。

10分後　件名：

レオ、こんなことやめましょう。大切な質問が残っているのは、「あなた」が私の質問に答えてくれないからよ。でももう一度くり返してあげるわ。レオ、私に会いたい？　もし会いたいなら、会いましょう！　もし会いたくなければ、教えて。何もかもどうしますか？

これからどうするか、いえ、むしろそもそもこれからを考えるべきなのかどうか。

20分後　Re：
これまでと同じように、メールでおしゃべりすればいいのでは？

2分後　件名：
私、わからない。彼ったら、私と会いたくないって言うの！　レオ、どうしようもない人ね、きっと私は胸の大きなブロンドよ!!

30秒後　Re：
そうだとしたら、どうなるの？

20秒後　件名：
じっと見ていれば？

35秒後　Re：
そうするとうれしいの？

25秒後　件名：
うれしいのは、あなたのほうでしょ！　男ってそうだもの。とくに、そうだと認めない男たちは。

50秒後　Re：
こういうやりとりのほうがうれしいですね。

30秒後　件名：
ふーん、いじけた恋の名人なのね。

3分後　Re：
ご親切な結びの挨拶をありがとう、エミ。残念だけど、出かけなくては。では、よい夜を。

4分後　件名：
今日は28通もメールしちゃったわね、レオ。これでどうなるの？　何もならない。モットーは何？　……きっと、うちとけないことね。あなたの結びの挨拶は何？「よい夜を」祈ってくれたのね。これでは「メリー・クリスマス。よいお年を」と、ほとんど同じレベルね。

つまり百通もメール交換をして、会わないようにジグザグと巧妙に進んで、1ミリも近づいていない。私たちは必死になって、ぞっとするほどむなしい大量のメールで見知らぬ仲間の関係を保ち続けてきて、今も続けている。レオ。レオ。レオ。残念、残念、残念ね。

1分後　Re：

一日メールを書かなければ、文句を言う。5時間で14通メールを書けば、また文句を言う。エミ、何をしても気に入ってもらえないようですね。

20秒後　件名：

メール全部がそういうわけじゃないのよ!!　よい夜を、ライケさん。

4日後　件名：

どうぞご勝手に！　エミより

翌日　件名：

レオ、これが作戦なら、ひどい作戦よ！　勝手にして。もうメールは書きません。じゃあね。

5日後　件名：
またお酒におぼれているんでしょう、レオ、どう？
あなたのことがだんだん心配になってきました。ちょっとだけでいいからメールをください。「メー！」でいいから。

3分後　Re：
わかりました、エミ、いいですよ、会いましょうか。まだ会いたいですか？
いつ？　今日？　明日？　明後日？

15分後　件名：
あら、失踪者発見！　……そして今度は、慌てて私と会おうとしているわ。もちろん、できれば、会いたい気持ちは変わらないわ。でも、まず教えて、どうして1週間半も、何も連絡をくれなかったの？　ちゃんと説明してね!!

10分後　Re：
母が死んだのです。これで、ちゃんと説明できていますか？

20秒後　件名：
えっ。本当？　急だったの？

3分後　Re：
運がなかったのです。病院では悪性の腫瘍だと言われました。進行が早かったのが、せめてもの救いでした。身体的につらい思いをしたのは、短期間でしたから。

1分後　件名：
最期は看取れましたか？

3分後　Re：
間に合いませんでした。私は妹と待合室にいました。医者が、今は面会にはよくないと言ったのです。いつだったらよかったのか、考えてしまいます。

5分後　件名：
お母さまと、強い結びつきはありましたか？（すみません、レオ。こんなときによく聞かれる月並みな質問で）

4分後　Re：
1週間前だったら、こう答えたでしょう。いえ、まったくありませんでした、と。でも、結びつきがなかったなら、どうして胃に穴が開いたような気分になるのでしょう。でもまあ、家族の話など退屈でしょうから、やめておきますよ、エミ。

6分後　件名：
そんなことないですよ、レオ。会って、家族の話を聞きましょうか？　おそらくこの状況では、私がいちばん適任だと思うけど。あなたの生活圏外にいて……でもあなたのそばにいるから。よけいなことは一度すべて忘れて……会いましょう、昔なじみの親友のように。

10分後　Re：
いいですね、ありがとう、エミ！　今夜会えますか？　でも言っておきます。今はまた「ユーモアのなさ」にかけては、絶頂ですよ。

3分後　件名：
レオ、今夜は申し訳ないけど、無理です。でも明日ならいいわ！　7時でどうですか？
市内のカフェは？

8分後　Re：

明日は葬儀です。でも7時ならすんでいるでしょう。5時までにメールします。そのとき会う場所を決めましょう。いいですか？

10分後　件名：

いいですよ、レオ。そうしましょう。お悔やみの言葉を言いたいのだけど。でもきっと「メリー・クリスマス。よいお年を」みたいになってしまいます。だから、省略したほうがいいですね。支えになりたいです。気持ちはよくわかります。だから、よい夜を、とは言いませんん。今夜は、よい夜になんてなりっこないのですから。でも明日の夜は何かできれば、と思います。ではそのときに！

エミ（こんな悲しい状況だけど、でもあなたに会えることが楽しみです！）

5分後　Re：

私も楽しみですよ！

レオ

翌日　件名：キャンセル

エミ、今日の約束は残念ですが、キャンセルさせてください。理由は、明日書きます。本当に悪く思わないでください。そして、私のためいろいろ考えてくれて、ありがとう。やさしい人ですね！

それでは。レオ

2時間後　件名：

わかりました。エミ

翌日　件名：マルレーネ

エミ、昨夜はマルレーネ、かつてのパートナーと過ごしました。葬儀に来てくれたのです。母のことを好いてくれており、母も気に入っていました。マルレーネと、あらいざらい話したのは有意義でした。彼女は鍵になり、家族の歴史の、閉ざされた門を開けてくれたのです。私にとって母はいなかったようなものですが、その母への道もつくってくれました。昨日のマルレーネはひどい状態でした。私が慰めてやらなければなりませんでした。そんな役割ができ、私は幸福でした。哀れみを受けるのは限界だったので、他人のことを哀れんでみたかったのです（ときには自分のことも哀れみますが、それは大事にしていきます）。

あなたの代理をつくってしまいましたが、悪く思わないでくださいね。考えてしまったのです。どうして、これまでの自分と関係のない女性を引っぱり込まなくてはいけないのか、と。そして、今の私を、私だとは思われたくなかったのです。もっといい状態のときに会ってもらいたいのです。わかってもらえるといいのですが、エミ。そしてもう一度お礼を言います。私のために、いろいろ考えてくれてありがとう。心から信頼できる人だと感じました。

それでは。レオ

3時間後　件名：

だいじょうぶですよ。では。エミ

5分後　Re：

そんなふうに「だいじょうぶ」などと書くときは、まったく、だいじょうぶではありませんよね！　どうしたんですか、エミ？　キャンセルされて、自尊心が傷つきましたか？　利用された（そして必要ともされなかった）と気になってしまいましたか？

2時間半後　件名：
いいえ、ちがうのよ、レオ。ただ、忙しくて簡単にしか書けなかったのです。

8分後　Re：
そうは思えません。あなたのことはよくわかっています、エミ。はっきりわかっているんです。おかしな話ですが、私が傷つけたのではないかと想像してしまい、罪悪感がわいてきました。その場にいる権利がなかったと感じさせ、ショックを与えたのかもしれません。

4分後　件名：
つまらないことばかり言わないの、レオ。それで、うまく慰められたの？　また、マルレーネとうまくいっているの？

8分後　Re：
そうなんです！　もちろんです！　レオ・ライケは、母の葬儀のあと、元カノと会ってみました。エミ・ロートナーは、ライケ氏は道徳主義者だと言い張りますが、すぐに、そんな道徳は崩壊したと気づくでしょう。さらにだめ押ししてあげましょうか。あなたには打ち明けてしまいますが、母の葬儀の6時間後、私は、元カノともう少しで寝るところでした。ショックを受けたでしょう！　おやすみなさい。

3分後　件名：

教えて。どうすれば誰かと「もう少しで寝るところ」になれるの？　そして何よりも、どうして「もう少しで寝るところ」だったのに、何も起きなかったの？　きっと、こういうことね。そんなことができるのは男だけ。ぐったりした元カノを「ベッドで慰められる」と思ったんでしょう。でもその前に彼女が気づいて、こう耳元でささやいたんでしょう。「レオ、だめよ、今はよくないわ。今夜またせっかく信頼しあえたのに、それが壊れてしまうわ」って。そしてあなたは考えたのね。残念だ、残念、もう少しで……。

15分後　Re：

いいですか、エミ、本当にびっくりします。どうしてあなたはそんなに当然のことのように、頑なに私から説明を引き出そうとするのですか。何キロも離れた場所に住む人間の、個人的な問題に土足で踏み込もうとするなんて。そしてなんとも、最高に悪いタイミングをしっかりとらえて、ふつう他人には見せない悪趣味を発揮しますね。そして常に最初に頭に浮かぶ話題、つまりセックス、セックス、セックスの話をするのですか。どうしてあなたはそうなのかと、不思議になってきました。

8分後　件名：

拝啓、レオ、あなたの悲しみはよくわかります。でも、ある人と「寝るところ」だったかもしれないなんて、ひけらかしたのは誰？　あなた、それとも私？　レオ、申し訳ないけど、「もう少しで」という状況が、ありありと浮かんだの。前は、そんなことを私もよく体験したし、今もそのせいでつらい思いをしている女友達が、うんざりするほどいるの。あなたとマルレーネの場合はちがうのだったら、本当にごめんなさい。それはそうと、あなたみたいに繊細な男性はわかると思うけど、私みたいに繊細な女は、そういう「元カノのせい」でドタキャンされると、きっぱり拒絶されたみたいに感じるの。そうなの、レオ、乱暴に断られた気持ちなの。私はそのあたりの女ではないわ、あなたにとってもね。

敬具　エミ

翌日　件名：エミ

もちろんですよ、エミ、あなたはそのあたりの女などではありません。そのあたりの女ではない誰か、というのが、まさにあなたのことです。私にとってもまったくそうです。あなたは私の中の第二の声のようなもので、一日中そばにいます。心の中の独り言を対話にしてくれています。おかげで内面の生活が豊かになりました。あなたは理由をたずね、主張し、茶化し、反対意見を言います。あなたのウィットや魅力、活力、そして「悪趣味」

にだって、感謝しています。

でもエミ、私の良心になろうとは考えないでください！　あなたのお気に入りの話題からそれずに続けましょう。私がいつ誰とどんなセックスをしようと、あなたには無関係のはずです。あなたとベルンハルトの夜の生活についてなど、私も聞いたりはしません。正直なところ、興味もありません。それは、あなたのことをセクシュアルに考えたことがない、というわけではありませんよ。でもそういった考えは、慎重に遠ざけています。あなたとそういう関係になりたいわけではありませんから。そうしたことは私の中だけに留めておきます。お互いに、相手のプライベートに立ち入るのはやめましょう。その先には何もありませんから。

エミ、母の死に、言葉をいただきました。そうした言葉はご自分ではささやかに感じるかもしれませんが、とても心動かされました。するとまた私の中で第二の声が出てきます。「私に」欠けた質問をし、「私に」耐えられるような答えをくれて、永久に続くような私の孤独を打ち破り、しみわたります。すぐにでも、あなたにそばに来てもらい、寄り添ってもらいたい、と切に思いました。あの葬儀の前の晩、あなたに用事がなくて会えていたなら、きっとそうなっていたでしょう。今日の私たちはまったく変わっていたでしょう。すべての秘密が消え、あらゆる謎が解けたでしょう。挨拶もそこそこに、家族の重荷が詰まったリュックをあなたに背負わせ、ともに膝をついていたでしょう。魔法は失われ、幻も消え去ります。話が尽きるまでとことん話し、そして……正気に戻ります。はかにどうなるというのでしょう。こんなこと慣れてもいないのに、直接会ってしまえば、それをどう乗り越えられたでしょう。どのように互いを見たでしょう。まだ書いていたでしょう。相手に急に何を感じるでしょう。今日、どんなメールを書いていたでしょうか。エミ、私はただ「第二の声」、つまりエミを失うのが怖いのです。このまま保ち続けたいのです。慎重にうまくやっていきたいのです。その声は、なくてはならないものになってしまいましたから。レオ

3時間後　件名：

私のお気に入りの話題から、それずに続けます。申し訳ないけれど、……あなたがいつ誰とどんなセックスをするかは、私にとってどうでもいいことではないんです！　もし私がだれかさんの「第二の声」なら、議決権もあるわよね。そして誰かさんが誰とどのくらい、どんなセックスをするか、という問題について判断していいでしょう（それから認めなくてはいけないいけれど、「どのように」ということは、今まであまり詳しく考えてこなかったわ、レオ。でもこの件も遅れは取り戻せますね）。さて、今は、心の声とどうぞ楽しく過ごしてください。続きはまた明日。キスを送ります。

エミ

1時間半後　Re：

　また皮肉を言ってもいいですか、ご立派なエミ。私がカフェ・フーバーのぼさぼさモンスターだったら、どうですか？　それでも、私がいつ誰とどのくらいどんなセックスをするか気になりますか？　それともこうでしょうか。いつ私が……というのが、どうでもいいと思えないのは、あなたは私にメールを書きながら理想の男性を追い求めているからで……ベルンハルトと幸せな結婚をしているのに……とにかくどうでもいいと思えないのは、いつその理想の彼が誰かと……というのが気になるからですか？　私が説明したとおり、私たちはふたりとも、お互いの夢まぼろしの声にすぎない、ということではないでしょうか。このままの関係を保つのはすばらしく、十分なことだと思いませんか？

翌日　件名：最初の答え

　レオ、あなたの何が気に入らないかって、それは私の夫についての書きぶり。「ベルンハルトと幸せな結婚をしているのに」……いったい何なの？　「幸せな結婚」って。（絶対わざとね！）こんなふうに言われているようだわ。「婚姻によるパートナーとの性交という義務の実行」、または、「戸籍役場によって支持された、体液の適切な交換を行う、定期的な交接」とかね。レオ、私の結婚のこと、からかっているんでしょう！　今とても感情的になってるから、やめて！

45分後　Re：

エミ、ずっとセックスの話ばかりですね。そこがすでに異常です！

1時間後　件名：

こんなのまだ序の口よ。昨日は、あなたからは、いくつか注目すべき発言がありましたね。たとえば「セクシュアルな想像」のところ。ここは文章にするのに、否定が2回必要だったみたいね。そういうわけではなくて、私についてはそんなことを考えたこともない、と。これがレオのやり方！　ほかの人だったらこう言うわ。「エミ、ときどき、きみのことエッチな気分で考えるよ！」これがレオ・ライケの場合は、「それは、あなたのことをセクシュアルに考えたことがない、というわけではありませんよ」になるのね。そして、私がこのテーマにこだわり続けるといって不思議がるのね。私が異常なのではなくて、あなたがエッチな言葉を、ほかの人とはちがった方法で使うんでしょう、レオ！　だからこういうこと。あなたが聖職者みたいに高尚な精神で性を考えているなんて信じないわ。だって、善良なレオは、二重否定しながら、どんなエッチな想像をしているの？　次は引用。「でもそういった考えは慎重に遠ざけています。あなたとそういう関係になりたいわけではありませんから」って、いったい、どういう関係になりたいの？　それでエミは考えたの。想像を絶するような、すごい想像なのかもしれないって。さあ、詳しく説明してみて。

20分後　件名：

あ、あともう少しだけ、マイスター・レオ。昨日こう書いていたでしょう。「お互いに、相手のプライベートに立ち入るのはやめましょう」って。ちょっと言わせて。ここでこうして書いていることは、プライベートなことで、最初のメールから数が増え続けている今日まで、話題にしているのはずっとプライベート以外の何物でもないでしょう。ふたりとも仕事については書かないし、関心があることも、趣味についても書かなくて、文化なんてどこにもないみたい。それに政治についてもノーコメント。天気さえ話題にのぼらない。ただ一つ、ほかの何もかもを忘れて、ここでしていることは、プライベートに立ち入ること。あなたは私に、私はあなたに。これ以上プライベートに立ち入りすぎるということはないの。そろそろわかってくれなきゃ。私のプライベートをよく知っている、親密な関係の人間になっているって。とはいえ、私のお気に入りのテーマだと勘違いしている意味での「親密な」関係ではないけれどね。でもこう言ったっていいわよ。それについては、さらに突きつめましょう、って。

ではよい夜を。エミ

1時間半後　Re：

エミ、わかりますか？「私」が、あなたの何が気に入らないか……それはあなたのいつもの、「レオさん」「マイスター・レオ」「レオ教授」「言語学者さん」「道徳屋さん」という言い方です。気にさわるので、やめてください。ただ、「レオ」と呼んでください。あざけりに満ちたメッセージはまたよかったですよ、辛らつで的を射ていました。ご理解くださり、ありがとうございます！　レオ

10分後　件名：
ふん！　今日は、あなたのことがきらい！

1分後　Re：
私もです。

30秒後　件名：
でも、またあなたのことが好きになった！　白状します。

20秒後　Re：
ありがとう。

15秒後　件名：
どういたしまして。

1時間半後　Re：
もう寝ましたか？

3分後　件名：
いつもあなたより遅いわ。おやすみなさい！

30秒後　Re：
おやすみなさい。

40秒後　件名：
お母さんのこと考えてしまう？　少しは気分転換させてあげたいのだけど。

30秒後　Re：
見事にやってのけてくれましたよ、エミ。おやすみなさい。

4

3日後　件名：休憩終了！

エミ、3日間、メール休憩しましたね。さてまたゆっくり始めましょうか。よい一日を。

あなたのことをいつも思っています。朝も、昼も、夕方も、夜も、その間の時間もその前後も……食事の間も。

それでは。レオ

10分後　件名：

マ、マイ、マイス、マイスタ……レオ、あなたはメール休憩していたのでしょうけど、私はちがいます！　私のほうは、あなたがどれだけメール休憩するか、じっと観察していました。そしてあなたのメール休憩が終わるのをずっと待っていました。ジリジリしながら、待っていたんです。でも報われました。また戻ってきて、私のことを考えてくれているなんて、うれしい！　元気にしていますか？　今日は夕方か、陽が沈む頃、私とグラスワインを飲む気はありますか？　もちろん、別々に。つまり、あなたは幻のエミと、そして私はバーチャルなレオと。そのために少し言葉を交わすの。どうです？

8分後　Re：

エミ、いいですね。あなたのべ、ベル、ベルン、ベルンハ……、ご主人は夜は留守なの？

3分後　件名：

そういう質問をするのが楽しいんですね、ちがいますか？　そういうときはいつも、私が幸せな結婚をしていることを非難されている気が少しだけします。……でも、ベルンハルトはいますよ。自分の仕事部屋で、明日の支度でもしてるんじゃないかしら。または、自分のソファで読書してるかも。それとも自分のベッドで寝てるかな。真夜中だったら、たいていは3番め。答えはこれでいい？

6分後　Re：

はい、どうも、十分です！　エミ、ご主人の話をするときはいつも、夫婦が独立して離れて暮らせることを示そうとしている気が「少しだけ」しますね。それが、幸せな結婚を「したから」か、幸せな結婚を「したにもかかわらず」の、どちらかはわかりませんが。そして「仕事部屋」ではなく、「自分の仕事部屋」と書くのですね。そして「ソファ」ではなく、「自分のソファ」。そしてもちろん「私たちのベッド」ではなく、「自分のベッド」で寝るのでしょう。

4分後　件名：

レオ、信じられないと思うけど、うちには本当にそれぞれ、自分の部屋、自分のソファ、自分のベッドまであるの。それで、おもしろいことにそれぞれ自分の生活をしているの。びっくりした？

25秒後　Re：

では、なぜ一緒に暮らしているの？

18分後　件名：

レオ、かわいい人ね！　二十歳の子みたいに純粋。仕事部屋のドアには、「立入禁止」なんていう札はかかっていないし、ソファも「許可なき者は使用するべからず」なんていうものではないのよ。それにベッドにも「侵入厳禁！」とはありません。つまり、どちらにも自分の王国があるけれど、互いに自分の王国に相手が入ってくるのは大歓迎で、「プライベートな事柄に入り込む」のも、やっぱりオーケーなの。いい？　結婚のこと、また少しわかった？

30秒後　Re：

それで、お子さんたちはいくつ？

35分後　件名：

フィオナは16歳、ヨナスは11歳。そして「私のベルンハルト」は、私より少し年上。さあ、レオ、家族の時間はおしまい！　子どもたちのことは、この場ではふれたくないの。数か月前に書いたでしょう。あなたにとって、私とのおしゃべりは「マルレーネ・セラピー」のようなものだって。（もちろん、今もその効果があるのかはわからないから、今度教えてね！）そして私にとっては、こうしてメールを書いて、もらったメールを読んでいるのは「家族からの脱出タイム」なの。そうね、自分の日常生活の外の小島ね、だからよければ、そこではあなたとふたりきりで過ごしたいの。

5分後　Re：
よければ？　もちろんいいですとも、エミ！　ただ時折、好奇心が首をもたげてきて、このぼんやりとした小島の外で、あなたがしっかりした大陸で揺るがずにいて、「結婚というしっかりした港」（すみません、この言葉がちょうどよかったので）で、どうしているのか気になって仕方なくなることもあります。でも今は、私はちゃんと島に戻りました。さあ、いつワインを飲みましょう？　真夜中では遅すぎますか？

2分後　件名：
真夜中、最高！　デートが楽しみ。

20秒後　Re：
こちらもです。では、あとで。

真夜中　Re：
エミ、レオです。今、ふたりだけ、私たちだけで夢のような真夜中が過ごせるといいと、思っています。抱きしめてもいいですか、エミ？　……キスしても？　キスします。さあ、飲みましょう。何を飲んでいますか？　こちらはヴィシンティーニのコッリ・オリエンターリ・デル・フリウリ・ソーヴィニヨン２００３。そちらは？　すぐに返事くださいね、すぐですよ。エミは何を飲んでいるのだろう。私は白ワインを飲んでいます。

１分後　件名：
ちょっと、それ、１杯めじゃないでしょ、レオ!!

８分後　Re：
　ああ、エミからまた返事がきた。エミ、エミ、エミ。ちょっと酔ってる、でもちょっとだけ。夜ずっと飲んでいて、真夜中になるのを、エミがくるのを待ってたんだ。そう、そのとおり。１本めのボトルじゃないよ。エミが恋しい。ぼくのところに来る？　さあ、電気を消そう。見えなくてもいいんだ。ただ君を感じたい。さあ目を閉じるよ。マルレーネとのことは、まったく意味はないんだ。ぼくたちは互いに傷つけあい、疲れきった。愛しあってなどいない。彼女はそうだと思っているけど、ぼくたちは愛しあっていないし、愛ではない、所有し、所有されているだけ。マルレーネはぼくを手放そうとせず、ぼくのほうは、彼女をしっかりつかまえていられない。やっぱり少し酔っているな。ほんの少しだけど。ぼくのところに来る、エミ？　キスをする？　妹が言うには、君はすてきな人らしいね、エミ、君が誰であろうとね。見知らぬ人とキスしたことある？　さあ、イタリア、フリウリの白ワインをもう一口飲むよ。ぼくたちに乾杯。少しだけ酔ったかな。でもたいしたことはない。さあ、今度はそっちの番だ、エミ、メールを書いて。キスするみたいにね、唇は使わないけど。メールを書くことは、頭の中でキスすることなんだよ。エミ、エミ、エミ。

4分後　件名：

うーん、最初の真夜中のデートは、ちょっとちがったものを想像していたんだけど。レオ、酔っ払い！　でもやっぱり魅力的。どうしてかわかる、レオ？　こっちは手短に書くわ。きっと文字もちゃんと追えなくなっているでしょうから。でももしまだ読めて、メールを書けるなら、あなたの「家の生活」がどんなだか教えて。でも、早朝か午前中に目が覚めてからの後悔を、あれこれうわ言みたいに書くのはダメよ。さあ、フランスのローヌの1997年の赤ワインを飲みましょう。あなたに乾杯！　でもそろそろ、ミネラルウォーターに替えることをおすすめするわ。または、強いコーヒーね！

50分後　Re：

まったくきびしい人だね、エミ。そんなにきびしくしないで。コーヒーはいらないよ。エミがほしい。ぼくのところに来て。またかるく1杯、ワインを飲もうよ。映画みたいに頭に布をまいて目隠ししようか。あの映画のタイトル、何だっけ？　キスがしたいよ。君の外見はどうでもいいんだ。君の言葉に恋をした。君は自分の望みを素直に書ける。きびしいこともそのまま書ける。全部が好きだ。君はきびしい人なんかじゃない。本当の自分より無理に強くふるまおうとしている。マルレーネは酒が一滴も飲めないんだ。マルレーネはとても分別がある女性で、でも魅力的だ。彼女を知る人みなの保証ずみ。彼女はパイロットと一緒になった、スペイン出身のパイロット。でもまたそれも終わったんだ。彼女は言う。彼女には一人しかいない、それはぼくだって。そんなこと嘘だって、君はわかるだろう。ぼくはもう彼女のためには存在しない。別れるのはつらい。これ以上マルレーネと離れたくない。ママは彼女が好きだった。母は死んだ、とても不幸だった。ぼくが思っていたのとは、まったくちがった。ぼくの中で何かも一緒に死んだ。死んでから、初めてそれを感じた。母はあまりぼくのことをかまわず、ただ妹のことばかり世話をやいた。父はカナダに行ってしまい、兄を連れていった。ぼくは、その間で滑り落ちてしまった。見すごされた。ぼくはおとなしい子どもだった。写真を見せようか？　見たい？　カーニヴァルではいつも、バスター・キートンになった。ぼくは、言葉を話さず静かで、哀しげでおもしろく、しかめつらもできる英雄が好きなんだ。さあもう1杯飲もう、ぼくたちに乾杯だ、カーニヴァルの写真を見よう。残念だな、君が結婚しているなんて。いやいや、結婚してくれていてよかった。ご主人を裏切るの、エミ？　そんなことはしないで。裏切られるのは、とてもつらいことだから。ちょっと酔ったな、でもまだ頭ははっきりしているよ。マルレーネは一度裏切った。つまり、その一度については、ぼくも知っているということ。マルレーネを見ると、裏切っていることがわかる。エミ、さあこのメールを送るよ。キスをするよ。もうひとつキス。そしてもうひとつ。君が誰だろうと、かまわない。誰かにそばにいてほしい。母のことは考えたくない。マルレーネのことは考えたくない。エミにキスしたい。ちょっと酔っ払ってしまった。許してください。さあ、メールを送るよ。それから寝ることにする。おやすみのキスを。君が結婚しているなんて、残念だ。きっとぼくたちなら、うまくやっていけるだろうに。エミ、エミ、エミ。エミと書くのは大好きだ。左の中指で1度、右の人さし指で2度、その2つ上に右中指で1度。ＥＭＭＩ。千回だってエミと書ける。エミと書くのは、エミへのキス。さあ、眠ろうか、エミ。

翌日の午前中　件名：ハロー

ハロー、レオ。地上に戻ってきた？　それではお大事に。エミ

2時間半後　件名：

まだ考えているの？　どうやって自分自身に、そして何より私に、昨夜の言い訳しようかと思っているんでしょう。……大丈夫、レオ。昨日、無意識に書いてくれたメール、すてきだったから。ううん、とてもすてきだった。しょっちゅう酔っ払ったほうがいいわ。

そんなときは、本当に感情豊かで、オープンで、とてもやさしくて、ぎこちないけど激しくて、情熱的になるから。コントロールできていないところが、あなたらしいわ！　それから、キスしたいと、あんなに書いてもらえて、うれしかった！　だからまたメールをちょうだい!!　今はこのことをどんなふうに乗り越えようとしているのか、気になります。きっと冷静になって必死に、酔っ払った状態におぼれた、あのレオではなくなろうとしているのでしょうね。吐いたりしていないといいけど。

3時間後　件名：

レオ???　メールをくれないなんて、不公平じゃない！　がっかりしちゃった。夜はうっとりとするような愛の言葉をささやいて、朝になったら離れてしまう男みたいね。典型的な、平凡な、つまらない男の匂いがぷんぷんするわ。ともかくそんなの、レオの匂いじゃない。だから、いいかげんにメールちょうだい!!

5時間後　Re：

エミ、今は夜の10時。ぼくのところに来る？　タクシー代は払うから（家は町外れです）。

レオ

2時間がたとうとする頃　件名：

うわ、どうしよう！　レオ、もう夜の11時43分よ。まだ夢の世界を思い描いている？

それとも眠っちゃった？　起きているなら、質問させて。

⑴本当に会いに来てほしかったの？

⑵今も会いに来てほしいと思っている？

⑶また「ちょっと酔っている」んでしょ？

⑷会いに行ったら、ふたりで何をすると思っていた？

5分後　Re：

エミ、⑴はい。⑵はい。⑶いいえ。⑷なるようになる、と。

3分後　件名：

レオ
⑴そう。⑵そう。⑶よかった。⑷どのようになるの？　物事は人が望むようになるものよ。
だから、どうなればいいと思っているの？

50秒後　Re：

本当にわからないんです、エミ。でも、会えばすぐにわかると思いますよ。

2分後　件名：

それで、何も起きなかったら？　そうしたら、ばかみたいに立ちつくして、肩をすくめあい、どっちかが言うのかしら。「ごめんなさい、なぜか何も起きなかった」って。そうなったら、どうするの？

1分後　Re：

そういうリスクは頭に入れておかないとね。だから、来てよ、エミ！　自分を信じて！　互いを信じて！　信じあおう！

25分後　件名：

レオ、なんだか妙に焦っているのね、いつものあなたらしくないから、とまどっています。だから疑っているの。たぶん、あなたは、これからどうなりたいか、ちゃんとわかっている。きっと前の晩から酔って変に少しハイになっているのね。そして、そばにいてくれる人を探している。マルレーネを忘れたい、いえ、無理にでも忘れたことにしたいんでしょう。そしてそういうたぐいの本はたくさん読んでいるし、映画も見ているのね、マーロン・ブランドの『ラスト・タンゴ・イン・パリ』とかね。レオ、そういうシーンは私も知ってる。彼は彼女を初めて見かけるけど、夕暮れのせいで、本当はそれほどでもないのにきれいに見えてしまう。言葉は舞い降りることなく、ただ服を脱ぎ落とすだけ。飢え死に寸前みたいに相手に飛びかかって、徹底的に、何時間もリビングを転げ回るの。場面転換。次のシーン。彼は仰向けに寝転がっていて、その唇の上をみだらな微笑がかすめ、その目は天井をじっとりと見つめ、天井までも自分のものにしたいかのよう。彼女は彼の胸に頭をのせる。満足そうな様子。発情した雄ジカの群れが通り過ぎたあとの雌ジカのよう。どちらかがタバコをふかして、鼻から煙をはいているかも。そしてフェードアウト。で、それからは？そこがいつも気になるところなの。それからどうなるの？？？

レオ、そんなわけにはいかない。あなたはめずらしく、自制心をなくして、そのあたりの男みたいになっていた。もちろん、何もかもありえたかもしれない。昨日、酔って目隠しをしたかも。……互いを見る必要もない。あなたは何も見えないまま、ドアを開けてくれて、暗闇の中、抱きあう。そして盲目的なセックスをする。何もわからないまま別れる。翌日にはまた、裏切りはよくない、と信心ぶったメールをくれて、私もまた、普段どおりに生意気なメールを送る。その夜うまくいったら、またくり返すの。日常生活から完全に解き放たれて、私たちのやりとりも完全に忘れて。何もしがらみのないセックス。失うものはなく、賭けるものもない。あなたは「そばにいてくれる人」を得て、私は冒険できる。……たしかに、わくわくする考えね。でも、男性が考えそうな妄想、と言うしかないわ、レオ。ともかく、この件はふれないでおきましょう。または、もっとはっきりさせておくと、私とはだめ！（今のはやさしく言ったのよ、ほんとに！）

15分後　Re：

それでもし、私の子どもの頃の写真を見せられただけだったら？　そしてもし、喜んでウィスキーを、あるいはしぶしぶウォッカを1杯飲んで、……健康と、お互いの探求心を祝うだけだったら？　そしてもし、ただあなたの声を聞けて私が喜んでいるだけだったら？　そしてもし、あなたの髪と肌の香りを一瞬感じてみたいだけだったら？

9分後　件名：

レオ、レオ、レオ、ときどき、あなたと私は、男女が逆転しているような気がするわ。でもこれはただのゲーム。ハイレベルだけどね。あなたを理解するため、男目線で考える、男の世界に入り込んでみる。そしてこれまでの経験から、完璧に男の考えそうな言葉を拾い出して、それがうまくいって、こうあなたに言わされてしまう。「私はセックス依存症なの」と。レオ、夜中の急なご招待という、古典的なあんたたち男のテーマを、私は掘り出してしまった……そしてあなたはそれをそのまま突き返してきて、それは私からしかけた話だという。レオ、無邪気な天使、恥ずかしがり屋のロマン主義者ね！　認めなさい、夜10時の、バーチャルな大騒ぎは、私に子どもの頃の写真を見せるのが目的ではなかったって（すてきな郵便切手は持っている？　持っていたら、私、すぐに行っていたかもね）。

3分後　Re：

エミ、お願いだから、「私の」話をするときに、「あんたたち男の」とは二度と言わないでください。私はれっきとした個人です。ひとまとめにされて、醜い男の仮面をつけられるのはまっぴらです。ほかの男たちから、私のことを類推しないでください。不愉快です、非常に！

18分後　件名：

はいはい、ごめんなさい！　またうまく「あなたの」テーマをはぐらかしたわね。でもそれなら、どうして急に夜中に会いたいなんて言ってきたの？　レオ、恥ずかしいことなんかじゃないわ、まったく逆で、私はとってもうれしかった。あなたの品位は、私の中で1ミリだって下がってはいない。もしあなたがアルコールのあとのセックス中毒で、恋愛依存症で、まったく知らないけど、自称そんなにかわいくないわけでもないエミという女を、目隠しして抱いてみたいならね。ああそれから、もう真夜中の1時半で、そろそろ寝ないと。すてきなお誘いありがとう。勇気を感じたわ。堅苦しさのとれたあなたってすてき。それに、酔ったときの、どしゃぶりのキスも。

おやすみなさい、レオ。こちらからもキスを。

5分後　Re：

私は、知らない女性を抱きたいなんて決して思いませんよ。

おやすみなさい。

12分後　件名：

ああ、あと2つあったの、レオ。今夜はどっちにしても眠れないかも。もし私が本当に会いに行っていたら、あなたがタクシー代を払うなんて、本気ではなかったでしょう？

2つめ。本当に会いに行っていたら、妹さんが挙げてくれたレパートリーの3人のうち、どのエミが会いに行ったと思う？　活発な初代エミ？　胸の大きなブロンド・エミ？　それとも恥ずかしがり屋のサプライズ・エミ？……というのも、はっきりさせておかないといけないから。あなたの夢のエミは、会った瞬間に死んでしまうのよ。

1日後　件名：ソフトウェア問題？
レオ？　パソコンをつけて！

3日後　件名：送信休憩
エミ、こうして書いているのは、ただ、もうメールを出さないと決めたわけではないと、お知らせしたかったから。あなたに「何を」書いたらいいか、またわかったら、すぐにメールを送ります。この数日間でばらばらに分裂した自分を、ようやく、かき集めたところです。その破片をうまくまとめられたら、メールします。
エミ、あなたのことが頭から離れません。あなたがいないとさびしい。あなたが恋しい。毎日何度も、あなたのメールを読んでいます。レオ

4日後　件名：裏切り
こんにちは、ライケさん。私に罪悪感が芽生えたの？　何か打ち明けなくてはならないことがあるの？（「裏切り」を打ち明けたいとか？）私は、自分が知るべきことがわかっていないのかしら。私はわかっていると思います。受信ボックスの中で恐ろしい発見をしたの。何の話だかわかる？　わかったら、良心の呵責《かしゃく》は忘れてメールください!!
それでは。エミ・ロートナー

3時間半後　Re：
エミ、どうしたんですか？　さっきの謎めいたメールは何ですか？　陰謀計画でも企んでいるの？　とにかく、何の話だか、さっぱりわかりません。受信ボックスでの恐ろしい発見とは？　はっきり説明してください！　勝手な憶測でひどいことを書かないでください！
では。レオ

30分後　件名：
ご立派な言語学者さま
いつか、私の「憶測」が真実だとわかったら、私、あなたのことを一生怨むわ!!　すぐに自白したほうがいいわよ。

25分後　Re：
何が問題にしても、あなたのメールを読むと不安になります。あなたは不信感に陥っていて、思考回路が千々に乱れて、勝手に何かを先読みして嫌悪感を抱いているようですが、私はその被害者になりたくありません。わかりやすいメールをください、または、私を好きになってください！　今は真剣に怒りを感じています！

翌日　件名：裏切り2

日曜日に、友達に会いました。それで、あなたの話をしたの。「彼の仕事は？」と彼女に聞かれたから、「言語心理学者で、大学でも働いている」と答えました。言語心理学者？　と、ゾーニャは驚いたの。「彼は何をしているの？」と、また聞かれました。で、「詳しくは知らない。仕事の話はしないの。自分たちのことしか書かないから」と。そこで思い出しました。最初の頃に一度、メールの言語研究をしていると教えてくれたこと。でも、その後は、一言もふれなかったことも。するととたんにゾーニャの目つきが暗くなって、文字どおりこう言ったの。「エミ、気をつけたほうがいいよ、研究材料にされているだけかも！」って。私、大ショックだった。それで、家に帰ってすぐにメールを読み返したの。そして2月20日のメールで、こういう文章を見つけました。「ちょうど今は、Eメールが人間の言語行動に、いかに影響を与えているか研究しているところです。そのうちとくに重きを置いているのは、感情の伝達手段としての役割です。そのため、専門的な話をする傾向がいくらかあるのですが、これからはやめましょう。お約束します」

さあ、レオ、これでわかったでしょう。私がどうしてあんなふうに感じていたかって。レオ、私のことを研究していただけ？　感情を伝達する女として、テストしたの？　あなたにとって、私は冷たい博士論文か言語学習の研究対象でしかないの？

40分後　Re：

ご主人のベルンハルトに意見を聞くのがいちばんですね。ともかく私はうんざりです。そんなに感情が激しくては、どんな伝達手段も壊れるでしょうね。レオ

5分後　件名：

そんなふうに反撃に出られても、研究に利用されたかもしれないという不安は、消えません。だから、はっきり答えてください。私に対する義務ですよ。

3日後　件名：レオ！

レオ、3日間、ぞっとするような時を過ごしました。不安、まさにパニックに陥るような不安にさいなまれ、研究材料に使われ続けたのかもしれないと心配になると同時に、あなたにひどいことをしたかもしれないという恐れも大きくなってきました。早とちりして、あなたが悪いと決めつけ、私たちの間の何かを壊してしまったかもしれません。どちらがより最悪だったのか、まったくわかりません。「騙されて」いればよかったのか、ふとわいた不信感から攻撃して、そっと育んできた信頼という植物を大地から引っこ抜いてしまっ

てよかったのか。

レオ、どうか私の身にもなってみて。これは言っておきたいんだけど、このところずっと、あなたと交わしたような激しい感情を誰かに抱いたことはなかったの。自分でもこんなことができるなんて、本当に不思議。あなたにメールするときは、これまでなかったくらい、本物のエミでいられた。「現実の生活」では、末長くうまくやっていきたければ、自分の感情にいつも適当に折り合いをつけていかなくてはならない。「そこ」では、過剰反応は許されないの！「そこ」に甘んじなくてはならないの！「そこ」を問題にしてはいけないの！……自分の気持ちを周囲に合わせ、大事な人をいたわり、日常の細々とした役割に埋没し、バランスをとり、いろいろな社会全体が危険におびやかされないようしなくてはいけない。だって自分もその社会の一人だから。

レオ、あなたにメールするときには、自分のいちばん奥にしまっているものをさらけ出して、自然でいられるの。あなたにこれは期待できるとか、できないとかそういうことはまったく考えない。ただ思いつくままに書いている。そうしていると、とても気持ちがいいの!!　レオ、それがあなたのすごいところで、だから私にとってなくてはならないものになったの。私のあるがままを受け止めてくれる。ときどきあなたは、私にブレーキをかけるし、あるところは無視するし、ときには誤解もしている。でも、辛抱強く私のそばにいてくれるということは、あるがままでいていいってことよね。それから、少しだけ自分のための宣伝をしてもいいですか?……私は、メールから想像されるより、ずっと控えめな人間です。つまりね、そこの誰かさんはエミを好きになっていいのよ。奔放で、善良さに無頓着で、ネガティブな性質を必死に見せるエミを。そうなの、レオ、私は嫉妬心が強いし、疑り深いし、少しだけ神経症気味だし、男についての立派な意見などまったくないし、女についてはなおさら……ああ、話の筋がわからなくなっちゃった。ともかく、そこの誰かさんはエミを好きになっていいの。善良でいることに無頓着で、普段は抑えている弱さを思いきりさらすエミを。ではその誰かさんが、どうしてありのままのエミを好きになるかといえば、他人に求められるのはその人本来の姿だと、エミがわかっているから。つまり、人はいろんな気分の寄せ集め、自己疑念の塊、矛盾だらけの塊だと。

でも、私の問題だけではないの。レオ、私、ずっとあなたに関わってきた。あなたは、私の大脳の数立法ミリメートル（小脳か、下垂体腺か、あなたみたいな人のことを脳のどの部分で考えるのかなんてわからないけど）を独占している。あなたはそこでテントを広げて住み込んだ。あなたが、文章どおりの人なのかはわからない。でも、ともかくあなたは文章の一部で、だからこそとても特別な存在になっている。あなたの文章と私のリズム。そこから、こんな人かもしれない、こんな人が本当にいるかもしれない、とイメージができました。いつも「夢のエミ」について書いていましたよね。私はもしかしたら、「夢のレオ」で満足して、誰か好きな人を想像し続ける心構えもできていなかったのかもしれません。

その人だって、血や肉でできているにちがいないんです。そしてその人は、私と会えるはずなんです。私たちはまだそこまでいたっていない。でも、言葉を書き続ければ、出会いがどんどん近づくと、心の奥底で感じる。そしてついに互いに向きあって立つことになるのか、あるいは向きあってテーブルにつくのか、ひざまずくのか。それは、どうでもいいのだけど。

レオ、今、こうして書いているメールのことを考えてみるわ。あなたがこのメールを一言一言たたいて調べて、学問のためにサンプルを引っぱり出すところを想像してしまう。感情を伝える方法とか、そしてもっとひどいことには、相手の感情をひきつける方法とか、相手を引き込む方法を研究しているところを想像すると、本当にぞっとして苦しくて悲鳴をあげてしまいそう!! お願いだから、今までのやりとりは研究には関係なかったと言って。そしてこんなことを考えてしまったことを許してください。私はただの人間なんです。ともかく最悪なことから考えて、免疫力をつけて、もし不安が的中しても、なんとか耐えられるようにするわ。

レオ、これまであなたに書いた中で、いちばん長いメールになりました。無視しないでくださいね。また戻ってきて。私の脳皮質の下に建てたテントを壊さないでね。あなたが必要なの! 私……あなたがいてくれるとうれしいの! エミ

PS 遅すぎるとはわかっている。でもきっとまだ気持ちは残っているわよね。それに

きっと、また受信ボックスを見るでしょう。長い返事なんて書かなくてもいいです。だけど、ちょっとだけでも書いてくれませんか？　このメールが届いたことがわかるだけでいいの。一言だけでも、いいですか？　または二言か、三言でも。そのほうが楽なら。ね、どうか、お願い。ね。

2秒後　Re：

自動応答メッセージです。現在旅行中のため、メールの確認は5月18日以降になります。緊急の場合は、大学の言語心理学研究所で確認しますので、psy-uni@gr.vln.comまでお送りください。

1分後　件名：

これで最後なのね！

5

8日後　件名：戻ってきました！

こんにちは、エミ。戻ってきましたよ。アムステルダムに行っていました。マルレーネが一緒に来てくれました。私たちはまたやり直したのです。短いやり直しでした。やり直してから2日後、私は肺炎で寝込んでしまいました。まったく恥ずかしいことですが、彼女は5日間、体温計を振り続け、なんとか微笑みかけてくれました。30年間勤めあげた看護師が、いやいやいや仕事をしていても、患者のせいではないと示そうとしているようでした。アムステルダムは想像していたのとはまったく正反対のものとなり、新たな始まりではなく、私たちが何年も磨き続けてきた、古いものの終わりでした。今回は互いに尊敬しあいながら別れられました。彼女は、必要なときには自分がいると、言ってくれました。つまり薬局に薬を買いに行ってくれるという話だったのでしょう。私はこう言ったのです。また君が、私なしでは生きていけないと思い、私も君がいなければ生きていけないとまた確信できたら、ちょっとアムステルダムに行こう。……そうして、まったく逆だったとわかったのです。

マルレーネには、私たちの話もしました。彼女は、それが肺炎より危険なことのように反応しました。私はこう言いました。

「インターネットである女性と知りあった。その人はとても私に関心をもっているんだ」

するとと彼女はこう答えました。

「彼女は何歳なの？　外見は？」

「さあ。30代。ブロンドか、黒髪か、赤毛。ともかく幸せな結婚をしている」

「あなた、病気ね！」

私はこう答えました。

「その女性のおかげで、私は君以外のことも考えられるんだ、マルレーネ、思いは似たようなものだけどね。彼女のせいで心をかきみだされ、感情をかきたてられ、彼女を月に飛ばしてしまいたいと思うんだが、また自分のところに引き戻してしまう。つまり彼女のことを、この地上で必要としているんだ。彼女は話を聞いてくれる。そして賢い。それにおもしろい。さらにいちばん大切なことは、彼女は私のためにそばにいてくれるんだ」

マルレーネはベッドに入りなさいと指さしながら、言いました。

「彼女にメールするのが楽しいなら、書けばいいじゃない」

そしてこう付け加えました。

「薬をのんで！」

エミ、私は困っています。どうすれば、この女性から離れられるでしょうか。彼女はクーラーボックスなのですが、彼女にかかると、私はかっかと熱くなります。彼女と歩けば、私は肺炎になります。でも夜中に額に手を当ててもらえば、私は燃えるように熱くなるのです。


さて、エミ、第2部です。というわけで、私はまた戻ってきました。あなたの脳皮質の下に建てたテントを、自ら壊すつもりはありません。このままメールのやりとりを続けられるといいと思います。そして互いに、個人的なこともわかりあえたらうれしいのです。私たちは、人間の理性にふさわしい、論理にかなったちょうどいいタイミングをすでに逃してしまいました。そして現実の場所でともにいるという、いちばんシンプルなルールをやぶっています。私たちは、前からよく知りあった友人どうしで、日常生活の支えだと感じあっていて、ときには恋人のようにもなります。でも自然な出会いという始まりが、私たちにはありません。それは取り戻せます、絶対に！　でもどんなふうにすればいいのでしょうか。私たちの関係を築いているものを失わずにすむ方法があるでしょうか。私にはわかりません。あなたはわかりますか？

さて、エミ、第3部。このメールは、わざとマルレーネの話から始めました。互いの生活について話しあいたいからです。ここに私たちふたりしか存在しないような文を書くのは、いやなのです。あなたがいかに結婚生活をうまくやっているか、子どもたちとどんなふうにやっているのか、諸々を知りたいのです。悩み事も打ち明けてもらえるようになるのは、すばらしいことではありませんか。私だけの悩みではなかったとわかると、慰められます。そして相手のことを考えるのも気持ちがいいのです。信頼してもらえると、誇らしいのです。

さて、エミ、第4部。勝手に妄想して、私をきらわないでください！　耐えられません。私はEメールの人間の言語行動への影響、そして感情の伝達手段としての役割についての共同研究を3月初めに打ち切りました。表向きの理由は時間不足。でも本当は、このテーマが学問的に扱うには自分にとって「プライベートすぎる」ものになっていたからです。これでわかってもらえたでしょうか、エミ？

では、よい一日を。レオ

（PS　ある意味では、私の自動応答メールは、あなたの攻撃的な不信感の詰まったメールにはちょうどいいお仕置きになったことでしょう。こちらもひどい思いを味わっていたのですよ。今回本当に、すばらしく、心を打ち明けるように、誠実に、細かく書いてくれました。一言一言に感謝します！　だからまた、少しくらい図々しくなってもいいですよ）

45分後　件名：

私たちのために研究をやめたの……？　レオ、うれしい、だから大好きなの！（この言葉をどんなふうに言っているか、伝わらなくてよかった）今は、ヨナスと歯医者に行かなくてはなりません。残念なことに、まだ全身麻酔はかけられないの。これは質問に答えるために書いたのよ、どんなふうに子どもたちとやっているかってことね。

ではまたあとで。エミ

6時間後　件名：

さて、レオ。今、私は自分の部屋にいて、ベルンハルトはまだ仕事中。フィオナは友達の家に泊まっていて、ヨナスは寝ています（歯が2本減りました）。ヴルリッツァーは、ドッグフードを食べています（キャットフードより安いし、ヴルリッツァーも気にしていません、量が大切なの）。リスは、ご存じのとおり1匹もいません。いたら、きっとネコのおいしいごはんになるでしょう。家具が、とがめるようにこちらをにらんでいます。裏切りをかぎつけたのでしょう。こう脅しています。おい、秘密をもらすのか、我々がいかに高価だったか、どんな色でどんなデザインかと！　ピアノはこう言っています。まあ、彼に教えるの？

ベルンハルトは、あなたのピアノの先生だったって！　そして初めてのキスがどんなだったか、どんなふうに私に腰かけ、愛しあったかと！　本棚はこう聞いています。一体、そのレオってやつは、誰なんだ？　ここで何をしている？　なぜ、おまえはそいつとそんなに何時間も過ごすんだ？　どうしてめったに私に手を出さないんだ。なぜそんなに考え込むようになったんだ？　ＣＤプレーヤーは言っています。ひょっとして、そのままどんどん進むの、そしてもうラフマニノフを弾かなくなるの？　わかっているでしょう、あなたとベルンハルト、あなたたちは、最近は音楽を一緒に楽しんでいない……そしてそのレオが好きな音楽、きっとシュガーベイブスでも聞くのね！　ただ一人、ワインの棚だけは反対意見。まあ、私はそのレオには反対しないよ、私たち３人でいいチームじゃないか。でも、ベッドは脅すようなことを言っています。エミ、ここで寝たら、どこかよその夢は見てはいけないぞ。ここではレオのことは忘れろ！　警告しておくぞ！

レオ、こんなのムリ。この世界は分かちあえません。あなたはこの世界の一部にはなれない。世界はあまりにコンパクト。小さな砦《とりで》なの。征服されることはないし、侵入者も許さないし、扉を固く閉ざしている。レオ、私たちはふたりとも「外側」にいないと。それが唯一の方法で、そうしないと、あなたを失うことになる。私が結婚生活をどういうふうに「うまくやっているか」知りたいの？　技を磨いているの、レオ、本当なの！　そしてベルンハルトも。彼は私を尊敬してくれるし、私も彼をすばらしい人だと思って大事にしている。互いに敬いあいながら、やっているの。彼が私を裏切ることはない。私も彼を見捨てることはできない。互いに傷つけたくないの。ともに築きあげてきた。互いが互いの一部なの。音楽や芝居を楽しんできた。たくさんの喜びをともに味わってきた。16歳のフィオナは、妹のような感じ。ヨナスにとっては、私は本当に小さなママのような存在になった。ヨナスのお母さんが亡くなったとき、ヨナスは3歳だったから。

レオ、家族のアルバムを無理にめくらせないで。だから、お願いだから、こうしましょう。「家の話」は、ものすごく悩んで、本当に近しい友人からの意見を聞きたくなったときだけ書きます。でも、あなたはいつだって自分のプライベートな生活のことを書いていいのよ。微に入り細に入り、ね。（ただしエッチな話はダメ！　絶対にね）

さて、そろそろ寝ます。やっとまたぐっすり眠れそう。レオ、戻ってきてくれて、本当にうれしい！　レオ、あなたが必要なの！　自分の世界の外側でも何かを感じたいの。レオ、あなたは私にとって、その「外の世界」の人なの！　マルレーネのことは明日にしましょう、頭をはっきりさせないと書けないわ。

おやすみなさい、おやすみのキスを！

翌日　件名：マルレーネ

おはよう、レオ。ともにいるのはダメで、互いがいないのもダメなら、方法はただ一つ。代わりの人よ！　レオ、あなたには、ほかの人が必要なの。また恋に落ちなくちゃ。そうしたら、ずっと自分に何が欠けていたかわかるから。そばにいるというのは、ムリに距離を縮めることではなくて、距離を克服すること。気持ちがはらはらするのは、不完全だからではなく、完全を求め続け、くり返し完全になろうとするからなの。レオ、どうしようもないわ、あなたには女性が必要なの！　言うのは心苦しいけど、でも言っておく。マルレーネのことは忘れなさい！　とにかくそうしなさい、本気で。そして提案。マルレーネの代わりに、私のことをいつも意識して考えて！　マルレーネとしたいことを、私を相手に想像していいのよ（家具がまたちょっとこっちを見ているわ）。つまり、これはただ、あなたに女性が見つかるまでのつなぎね。好みはどんな人？　外見は？　さあ、言ってみて！　紹介できる人がいるかも。

まじめな話。私たちについて「彼女にメールするのが楽しいなら、書けばいいじゃない」なんてことを言う人は、私が思う愛とは、何キロもかけ離れたところにいるわ。マルレーネはレオを愛していない。レオはマルレーネを愛していない。愛しあっていない恋人たちが、相手の愛に憧れて、情熱をかたむけているの。私は、そんなことはばからしくてできないわ。

では、今は仕事をしないと。またあとで。バーチャルなパートナーのエミより

4時間後　Re:

外の世界のエミ、楽しいメールをありがとう。本当に感謝しています。そして家具たちに、次のことを伝えてください。立派な態度とその団結心をほめていた、と。また、私はロー

トナー家に侵入はせず、エミをパソコンの中で独り占めしているだけだ、と。ワインの棚にはとくにほめ言葉を。夜中のパーティを、今度は3人で開けそうですね。

とくに心ひかれたのは、女性を紹介しようなどと考えてくれた部分です。どんな女性が好みか、と？　あなたが描き出す女性、それがそのまま私の好みですよ、エミ。そして私が脈がありそうだと感じるには、外側の世界だけでなく、内側の世界にも存在していることが大切です。手短に言えば、こういう女性でしょう。「幸せな結婚」をしていなくて、家族の砦にしばられていなくて、家具に見張られていない女性です。そういう女性が私のほうにやって来るまでは、喜んであなたの提案に乗って、マルレーネのことを考える前に、あなたのことを意識して考えましょう。きっと必ずしも成功ばかりではないでしょうが、これからもメールで甘い言葉をかけてくれれば、なんとかなるでしょう。

よい夜をお過ごしください。今日はこれから妹のアドリエンヌに会います。きっと、またうまくマルレーネと別れられたことを、私のため喜んでくれるでしょう。そして、あなたとまだ連絡をとっていることも。妹は、あなたのメールのごく一部と、私がした説明と……3人のエミ候補しか知りませんが、あなたのことが好きですよ。3人のうちのどの人であっても。私に対するのと同じ気持ちを、あなたに抱いているようです。

翌日　件名：ミア！

ハロー、レオ。昨夜、彼女を見つけたわ。この人しかいない。ミアよ！　彼女に決まってる！　レオとミア……なんていい響き！　いい、レオ？　ミアは34歳で、絵から抜け出したようにかわいいの。スポーツの先生で、脚が長くてスタイル抜群、よぶんな脂肪なんてない。肌は褐色、黒髪。ただ一つ問題は、ベジタリアンなの。でもこう言えばいいのよ。「これはトーフだ」って。そうすればお肉も食べちゃうから。本をたくさん読んでいて、知性があって、やる気があって、陽気でいつも前向き。つまり夢のような女性。そして、彼女、独身なの！　紹介しましょうか。

1時間半後　Re：

エミ、エミ、エミ！　そういう脚の長い「ミアたち」を、よく知っています。毎週、妹が次々と女性を紹介してくれるから。ファッション雑誌は、体脂肪率0・0パーセントのモデル、「ミア」式女性、ほかの人より美人で脚が長い人でいっぱいだと、私もよく知っています。そしてみんな独身。理由は知っている、エミ？　……彼女たちは独身でいるのが好きなんです！　そしてまだしばらくそのままでいたいのです。

それから、あなたがせっかく陶酔感にひたっているのを止めるつもりはありませんよ、外の世界のエミ。でも今は、夢のようなミアと知りあいたいという気持ちはまったくないのです。今の生活にとても満足しています。とはいえ、お気遣いありがとうございます！

ところで、妹から、よろしく、とのこと。妹が言うには、私はあなたと会うというまちがいを犯してはならないそうです。妹の言ったままを書きます。「会えば、兄さんたちの関係は終わる。今のままで、楽しそうじゃない！」

ではよい一日を！　レオ

2時間後　件名：
オーケー、レオ。私たち、慌てて会わなくてもいいわね、こういうの慣れたわ。……あなたのおかげで、すっかり辛抱強くなっちゃった！　それから、妹さんの考え方はとても気に入りました。でも、どうしてそんなにはっきり、会ったら私たちの「関係」が終わると言えるのかしら。彼女は、あなたと私、どちらから終わりにするか言っていた？
それからもう少し、レオ。昨夜の最後のメールでまた、私の「幸せな結婚」について書いたでしょう。どうして「幸せな結婚」とカッコをつけるの？　まるで、そこから決まり文句を引っぱり出したいみたいじゃない？　それもかるい皮肉のこもった注釈つきね。私の言いたいこと、わかる？
でも、今はミアね。ひどく誤解している。ミアは、ファッション雑誌から抜け出した広告のような美人とはちがうの。本当に最高の女。それに彼女は、いつまでもずるずる独身でいたいわけじゃないのよ。若い頃につきあいに失敗した典型的なパターンなの。19歳でつきあった彼。外見は、アフロディーテに愛されたアドニスのような美青年。でも男性ホルモンのパック、つまり、セックス欲でパンパンのスーツケースだった。内側はからっぽ。とくに脳のあたりはすっからかん。辛抱と希望で心かきみだされた2年間が過ぎて、とうとう彼は口を開いた。そして魔法は解けた、というわけ。それから21歳になって、もちろんまたすぐに美しいスーツケースと知りあった。そこで考えたわ。今度はもっと中身があるはずよ。でも、やはりからっぽだった、さてお次。こうして昔から変わらない女のお決まりの道をたどったの。彼女は、「最初の勘違い」を修正するには、同じタイプの男が必要だと信じている。でも、さらに勘違いを大きくするだけなのよ。

ミアの男たちはみんな似たような外見で、みんなそろって過去の男のまちがいを消してはくれなかった。まったく逆。みんな、自分も前の男と同じでからっぽだとじつに強烈に証明していった。2年前から、彼女は男に疲れて、新たな出会いにも消極的になっているの。もう誰にも近づこうとしない。最近、彼女、言うの。すてきな人と知りあったら、紹介してくれてもいいわよ。でも私からは何もしない。何事もおのずとなるようになるから。なるようにならなければ、それまでってこと。……これがミアよ。レオ、言っておくけど、あなた絶対に彼女に夢中になるわよ。

1時間半後　Re:

エミ、まずは出だしの質問の答え。

⑴実際に会った場合、私たちの「関係」（カッコつきで書いてもいいですか？）を、どちらから終わらせることになるか、妹は明言しませんでした。ただメールの言葉と、生身の言葉はちがうから、そのせいですべてが終わりになるという意味です。

⑵まったく、おかしなところを気にしますね！「幸せな結婚」と書くときのカッコは、無意識につけていました。パソコンの設定で、自動的についてしまうのかもしれません。いいえ、まじめになりましょう。この言い方はあなたが書いたもので……私は引用しているだけです。「幸せな結婚」というのは、個人的な感じ方だと思えるからです。つまり「幸せな結婚」という言葉で、あなたとご主人と私が同じことを理解しているのか、疑わしいと思うのです。そんなことは、たいして重要なことではないですよね。皮肉なんてまったくこめていません。これからは、つけないようにしますね。

さて、ご友人のミアについて。今度ミアに会ったら、こう話していいですよ。ある男と知りあった、その男にはただ一人の女が必要（だった）、それは「最初の勘違い」を、修正するためでは決してない、と。その男はやはり疲れて、新たな出会いに消極的になっている。女性にまったく近づけず、何事もおのずと流れるもので、流れないときはそれまで、そういうことに関しては、何もしたくない男だと。そして言ってください、これがレオよ、ミア！

と。でもこうは言わないでくださいね。「きっと彼に夢中になるわよ」とは。なにしろ、夢中になるには、まずは一度くらい視線を合わせる必要があるでしょうからね。でも今のところそれはミアとレオにとっては、よけいな「関係」を生む作業でしょう。
（それから、気軽に友人に譲られてしまい、少しショックです、エミ。もっとやきもちをやいたりしてほしかった！）

40分後　件名：

ああ、レオ、どこもかしこもやきもちだらけよ。でももうこのメールの中で、あなたを「独占」していられない。それから、あなたが私の親友の「もの」になったら、少しは私のものにもなるでしょう。（私が自分勝手な裏の計画もたてないで、紹介すると思う？）それに、ミアには、何度もあなたの話をしているの。彼女があなたのことどう思っているか、聞きたい？（絶対にこう答えるでしょうね。いいえ、知りたくありません、と。でも教えちゃいます）彼女はこう言っていました。ねえ、エミ、そういうカレがいたらすてきね、メールをセックスだと感じて、私を求めてくれる人。男はみんな、セックスを望むの。男がそれではなく、私の別のもの、つまりメールをほしがってくれるなんて、最高！

5分後　Re：
　エミ、またセックスの話ですか！

3分後　件名：
どうも。気づいていたわよ。また男の世界にはまっていたわ。

8分後　Re：
　のびのびとセックスについて書くために、その男の世界とやらに、自らはまっているみたいだね。

6分後　件名：
レオ、聖人ぶらないで！　ワインで酔っぱらったときのメールを思い出してみて。目隠しのことや、その明くる日の二日酔いの中で感じた衝動のことも。あなたはときどき崇高で、性欲もない孤高な山の伝道師のようなふりをするけど、本当はぜんぜんちがうでしょう。さあ、ミアと会えるようにアレンジしましょうか？

3分後　Re：

本気では、ありませんよね！

1分後　件名：

もちろん本気よ！　あなたもミアも「何もしないで」も、すぐにお互いに好きになるから。人を見る目はあるの、信用して。

7分後　Re：

ありがたいですが、お断りします。エミではなく、お友達と知りあうのは何かおかしい気がします。おやすみなさい！

（今も）あなたのレオより

8分後　件名：

だって、私とは知りあいたくないんでしょ。おやすみなさい！

（こちらからも、今も、そしてこれからも）ある意味では、あなたのエミより

50秒後　件名：

ああ、もうひとつ。カッコつきの「幸せな結婚」の説明で、まだ話すことがありました!!　これはちょっとした脅しだと思っていてくださって、けっこうよ。では、ぐっすり休んでくださいね。エミより

翌日の夜　件名：？？？

今日は、レオからのメールはなし？　機嫌が悪いの？　ミアのせい？
おやすみなさい。エミ

翌日の朝　件名：ミア

おはよう、エミ。よく考えてみました。提案してもらった件です。あなたが日程を調整してくださり、ご友人のミアも望むなら、会ってみましょうか！
どうぞよろしく。レオ

15分後　件名：

レーーオーーーー？　からかっているの？

30分後　Re：

いいえ、ちがいます。大まじめです。会う場所は、カフェがいいです。お手数をかけますが、調整してくれますか。土曜日か日曜日の午後。市の中心地のカフェだと行きやすいです。またメッセのカフェ・フーバーか、カフェ・ヨーロッパか、カフェ・パリか、どこでもかまいません。

40分後　件名：

レオ、なんだか不気味。どうして急に百八十度、態度が変わったの？　本当にからかっていない？　ミアに聞いてしまっていいの？　そうしたらキャンセルはできないわよ！　ミアは、もてあそぶための女じゃないんだから。

3時間後　Re：

そして私は、知らない女性をもてあそぶような男ではありませんよ。まあ、少なくともそういう遊びはしません。ただ考えを変えただけです。せっかく女の人がご親切にも気にかけてくださっているのだから、会ってみてもいいのではないかと。ちょっとおしゃべりをしたって、かまわない。そう考えると、あなたの提案がよく思えてきたわけです。

ではよい夜を。レオ

10分後　件名：
こっちも、いろいろ考えてしまうわ、レオ！　ミアと電話で話してみます。また連絡しますね。

1分半後　Re：
なぜ、何をそんなにいろいろ考えてしまうの？

20分後　件名：
レオ、私、疑っていたの。今度は、私からキャンセルすると思われているんじゃないかって。だって、私が、あなたのことを友人、しかもとてもすてきな友人に引き合わせるわけがないと、あなたは確信しているでしょう。つまり、「ミア」を使って、私が楽しんでいるにすぎないと思っているんでしょう、ちがいますか？　レオ、勘違いよ！　今ミアに電話して、彼女がいいと言ったら、本当に会わなくちゃいけないのよ。でないと私、怒るから！
ではあとで。エミ

18分後　Re：
ミアは、うん、とは言わないでしょうね。なにしろミアには、見知らぬ男に会わなくてはいけない理由がわからない。その男は、自分の友達の友達で、自分の友達さえ、その男に会ったこともないときてる。当然ミアは聞くでしょうね、どうしてよりによって、その男と会わなくてはいけないのか、と。そして実験台のウサギにされた気分になるでしょう。でもいい知らせを聞けるとうれしいです。おやすみ、ワインの棚によろしく！　「ミアの件」が決まったら、また乾杯しましょう、エミ、どうですか？

翌日　件名：ミア

ハロー、レオ、元気？　今日はとんでもなく暑いわね。これ以上、何を脱いだらいいかわからない。ところで、レオは短パンやサンダルをはいたりする？　Tシャツ派？　ポロシャツ、それともしわになりにくい加工のシャツ派？　シャツのボタンはいくつ開けますか？　ジーンズ？　それともスラックス？　それとも、えっと、まさか、ひざ丈パンツ？どのくらい晴れると、サングラスをかける？　腕の毛はどのくらいある？　胸毛は？　まあいいわ、やめましょう。

私が本当に言いたかったのは、ミアに電話したということなの。喜んで一緒にお茶をすると言ってた。「いいじゃない」って。でも、まずは電話で話して（とはいえ、あなたは、そんなことしないでしょうね）。ミアは、レオは自分と知りあいになりたいわけではないし、今度のことは男女をくっつけようとする私の暴走みたいなものだ、とも言っていたわ。

それからあなたの外見が知りたいって。だから私、言ったの。彼は不細工じゃないと思う。でも、妹しか見ていないけど……って。ああ、ちょっとめんどくさいわね、何もかも。もうムリ！　ひどい暑さだけど、なんとか乗り切ってくださいね！

　では。エミ

2時間半後　Re：

　エミ、質問への答え。はい、元気です。本当に、とんでもなく暑いですね！「これ以上、何を脱いだらいいかわからない」というのは、これ以上何を脱いだらいいかわからないエミを想像してほしいということですね。いいですね、エミ。想像しましょう！

　短パンは、海などでしかはきません。（でも、手元には1枚もない、いや、あったかな？）サンダルは、はかないのですが、はいてほしければ、会うときには用意しましょう。Tシャツか、ボタンのついたシャツか？　……これは両方。重ね着することもあります。ボタンを開けるか？　状況によりけり。今は全開です。人目はありませんし。ズボン？　スラックスよりジーンズが多いかな。ひざ丈パンツは？　……この夏が終わる前に会うなら、はいているかもしれません！（来年の夏でもいいですよ）サングラス……晴れたとき。毛……頭、あご、もみあげ、腕、脚、胸……そのあたりに、いくらかまとまって生えています。あ、ミアのこと。電話番号を教えてください！

では、暑さを楽しんで。レオ

45秒後　件名：

え？　本当にミアに電話するの？　私がでまかせを言っていると思っているんじゃない？　では、どうぞ。0773－8636271。ミア・レヒベルガーです。これでいい？

1時間半後　Re：

ありがとう、エミ。5月の末は、汗をびっしょりかくような暑さになりそうですね……。私は2日間、会議でブダペストに行ってきます。戻ってきたら、メールします。楽しい時を過ごしてくださいね、エミ。

それではお元気で。レオ

2日後　件名：

ハロー、レオ。もう戻ってきた？　今朝、誰と話したか、当ててみて。そして、どんな知らせがあったかも考えてみて。「エミのメル友が、電話してきたわよ。びっくりして、切ろうとしちゃった。でも、とてもすてきな人だった！　礼儀正しくて、気さくで、ちょっとシャイで、チャーミングで……ペラペラペラペラ……それにとってもいい声なの！　話し方もきれいで！　……」レオ、レオ、あなた、どんな技を使ったの？　正直なところ、ミアに電話するなんて本気だとは思っていなかった。明日会ったら、楽しんできてくださいね！……ミアは、私も一緒に来たいかって聞くの。私はこう答えた。それは「彼に」悪いと思う。私は夢の女で、３つの顔をもっていて、彼はどれも知らないから、どれかに決めたくないと思うの。……そうでしょ、ちがう？

それでは。エミ

3時間後　Re：

こんにちは、エミ、戻ってきていますが、残念ながら恐ろしく多忙です。電話で話しましたが、お友達のミアは、とてもいい感じでした。またメールします、レオ。

（ＰＳ　あなたは、わざわざ来なくてもいいですよ、エミ。ミアと会ったら、詳しく教えてもらえるでしょうから）

12分後　件名：

レオ、このところ、悪ぶっているわね。どう考えたらいいのかしら。まあ、いいわ、成功を祈ります！　エミ

またね！（来世でもいいわ）

6

3日後　件名：
こんにちは、レオ。元気？
それでは。エミ

15分後　Re：
こんにちは、エミ、はい、とても元気ですよ。エミは？　レオ

8分後　件名：
こちらも元気。ありがとう。ただ、この暑さはね。これってふつうなの？　今は5月末でしょう。5月に35度なんて……こんなことってあった？　なかったわよね！　ほかは？

その後、何もかも順調？

20分後　Re：

はい、どうも、すべて順調。そしてまったく言うとおり。昔は、35度は7月末や8月初め、1年に1日か2日くらいはあったけれど、せいぜいそのくらいでしたよ。まあ、4日か5日はあったかもしれない。でも5月にはなかった、5月中なんて！　地球温暖化とともに、これからもっとホットな話題になるでしょうね。気候学者の退屈な話ではないんですよ。どんどん暑くなる夏に、慣れなくてはいけません。

3分後　件名：

そうね、レオ、気温の差はどんどん極端になるわね。で、最近の暑い日中と夜をどんなふうに過ごしているの？

14分後　Re：

これからは激しい嵐が増えるだろうね。土石流の災害や洪水。そしてまた旱《かん》ばつ。これが何を意味するか、わかりますか？　気候変動による経済や環境への影響は、計り知れません。

5分後　件名：
アルプスで、ハワイのパイナップルがとれるかもね。イタリア南部のプーリアで、雪用のチェーンが義務化。そしてデンマーク領のフェレエルネに水田が広がるかもね。
それからダマスカスに車用の不凍液の売店ができて、ロシアの不凍港のムルマンスクに、ラクダの群れがすみつくかも。そしてサハラ砂漠にヨットクラブ。

18分後　Re：
そしてスコットランドの高地の岩で、火も使わずに目玉焼きが焼けるようになって、冬でも固ゆで卵くらいはできるでしょう。ニワトリが、外で自動的にチキングリルになったりしなければね。

2分後　件名：
もういい、たくさんよ、レオ。降参。で、どうだったの？　今回は、どうかお願いだから、「何がどうだったたって？」とは、聞き返さないでね。打つ文字をちょっと節約しましょう、ね？

13分後　Re：
つまり、日曜日のミアとのデートのこと？　最高でしたよ！　きわめて最高だった。聞いてくれてありがとう。

1分後　件名：
「日曜日のデート」ってどういうこと？　「月曜日のデート」もあったということ？

8分後　Re：
そうなんです、エミ。おかしなことに、昨夜もまた会ったんです。イタリアンレストランに行きました。ケニエン通りの「ラ・スペツィア」を知っていますか？　すばらしくくつろげる中庭があるんです。……この暑さでは、まさに理想的。そしてとにかく静かで、すばらしい音楽がゆったり響いていて、ピエモンテ産の極上のワインが飲めます。おすすめの店ですよ。

50秒後　件名：
ピンときた？

18分後　Re：
ピンと？　また率直な言葉ですね！　ミアに、自分で聞くのがいちばんですよ。なんといっても親友でしょう。エミ、今日は残念ですが、これで最後にしなくてはいけません。明日またメールしましょう、いいですね。おやすみなさい。寝室が、とんでもない暑さではないことをお祈りします。

3分後　件名：

まだぜんぜん遅くないでしょ、レオ。何かまだ予定があるの？　またミアに会うの？　今夜会うなら、私に電話してって言っておいてね。こっちからつかまらないの。では、すてきな暑い夜を、楽しんでくださいね。エミ

それからひとつアドバイス。「気候温暖化」の話、絶対、したほうがいいわよ。そうしたら、ミアは何時間でもじっと話を聞いてくれる。あなたの話、おもしろいもの。

2分後　Re：

ミアには明日また会います。今夜はへとへとなので、早めに寝たいだけです。おやすみなさい、シャットダウンします。レオ

30秒後　件名：

おやすみ。

3日後　Re：

こんにちは、エミ。窓の外を見てごらんよ。不気味でおばけでも出そうだね。ひどい雹《ひょう》の嵐で、世界を破滅へ追いたてる風みたいだ。空に黄土色の靄《もや》がかかって、急に暗い灰色のカーテンが降りてきたと思ったら、白い雹がものすごい勢いで降りそそぐなんて。あの映画、なんて言ったっけ？　カエルかニワトリが空から雨のように降る映画ですよ。知っていますか？

では。レオ

1時間半後　件名：

動物農場。カエルの王さま。ケンタッキー・フライド・チキン。……レオ、情緒たっぷりに自然を描いたアニメのようなメールが、3日の音信不通のあと、急に届くなんて、どうかしちゃいそう！　こういうメールには、どうかほかの相手を探して。あなたとは半年弱だけど、受信ボックスの中で誠実にやってきたわ。数週間とか1、2か月どころではなく、毎日しょっちゅうここで過ごしてきて、今、どしゃぶりの雨や、黄土色の靄の話を始めるの？　どうしても言いたいことがあるなら、そうして。知りたいことがあるなら、聞いて。でも天気の話をするほど、ヒマでもないの。ミアに夢中になったら、雹が見えるようになったの？

あと、いくつか質問。私たち、始めてしまったんだから。レオ、あなた、ミアに、ふたりのデートのことは詳しく話さないほうがいいと言ったでしょう。その思春期の若者みたいな秘密主義は、いったい何？　どうしてそんな子どもっぽいことをするの？　これからもメールをやりとりする楽しみが台なしになっちゃうじゃない、レオ。真剣に言っているのよ。

ではよい日を。エミ

2時間後　Re：

エミ、ミアと知りあって、1週間もたっていません。4回会いました。お互いにすぐに好意を感じました。いろいろな点で、よくわかりあえます。でも、これからの発展を見極めるには時期尚早です。それに「人に話す」のも、早すぎます。言っている意味がわかりますか？　ミアも私も、まず互いの気持ちをはっきりさせないといけません。知りあった今、これから何が生まれていくのか。今の一瞬で何が決まっていくのか。でも、何を存在させられるのか……こういうことは、それぞれ自分の中でしか、答えを出せません。だから我慢してください、エミ。もう少ししたら、何もかも話せるでしょう。それからミアのこと。彼女もきっと似たような状況だと思います。なにしろ、あなたが彼女のいちばんの友人ですから。私たちに少し時間をください。わかってもらえるといいのですが。

それでは。レオ

10分後　件名：

レオ、（今は）私に会うことも声を聞くこともできないから、言っておきます。これから書くことは、本当に落ち着いて、冷静にゆっくり考えたことで、少しもハイになっていないし、大騒ぎもしていないし、攻撃的にもなっていません。本当に心から平穏な気持ちで考えた、大切なことを書きます。

レオ、さっきの頼み事、あんな不愉快なメール、今まで見たこともないわ。さよなら。

15分後　Re：

本当にすみません、心からあやまります、エミ。では少しメールの間隔を空けたほうがいいですね。また「外の世界」の話し相手とコンタクトをとりたくなったら、どうぞメールをください。それでは。レオ

5日後　件名：恋しくなって……

ハロー、レオ。「これからの発展」はどうなりましたか？　ミアとふたりで、感情を少しは整理できましたか？　「今の一瞬」、何を「存在」させられるのか、わかりましたか？　「それぞれ自分の中で」少しは「答え」が出ましたか？

ああ、昔のレオが恋しい。言うべきことを言って、感じるべきことを感じていたレオ。

彼がとっても恋しい!!　よい一日を。エミ
（PS　私とミアのことは、きっと聞いているでしょうね。彼女が何を話すべきか悩んでいるから、私はちゃんと感づいて、レオ・ライケのことはタブーにしましょう、と頼んだの）

3時間後　Re：

エミ、さっきのメールは、ずいぶん控えめでしたね。情報がたしかであれば、あなたはミアに、数日前に電話でこう言ったんでしょう。「あなたとレオのこと、ぜんぶ話すか……でなかったら、何も話さないか、にして。もし話さないなら、この長年続いた友情を数か月休憩しましょう」

エミ、いったいどうしたのですか？　まったく理解できません。ミアと私を引き合わせたのは、「あなた」でしょう。「あなた」が、絶対に彼女と知りあうべきだと望んだんですよ。「あなた」が、私たちが理想のカップルだと思った。それなのに、なぜ今、そんな意地悪をするんですか？　自分の内なる生活の助け手、家族の外にいるレオが、絶対離れないと思っていたのですか？　それで今は、バーチャルな所有物を、友人のせいでなくしてしまったと思って怒っているのですか？

エミ、この数か月、あなたは誰よりも近い存在でした。そして私は「実際に」会えることを楽しみにしていた（している）のですが、何もかもだめになってしまいました。あな

たに会いたくて、会えるなら外見などどうでもいいのです。ありがたいことに、あなたが実際は、「メール小説のヒロインのエミ」とはちがう、と知らずにすんでいます。だからあなたは完璧で、世界一の美女。誰もあなたを越えられません。

でもエミ、もう行き止まりです。あらゆることが、コンピュータの外で起きています。ミアが、いい証拠です。まじめな話。彼女とくっつけたいと言われたとき、初めはかなりショックでした。だから最初に会ったのは、あてつけのための反抗的な行動だったのですよ、エミ。でもそれからすぐに、あなたと彼女のちがいがわかりました。エミ、あなたはピアノの話を一度も書こうとしませんでしたね。私の世界で求めるものではなかったからです。でもミアは、50センチ先、つまり小さなテーブルの向かいで、ジェノヴェーゼ・スパゲティをスプーンを使ってくるくる巻いていました。彼女が首を回したとき、そこに生まれた空気の流れを感じました。同時に見て、聞いて、触れて、匂いを感じることができました。ミアは実物で、エミは幻影。どちらにもその長所短所があります。

それではよい夜を。レオ

30分後　件名：

前略、私のピアノは、黒くて、四角くて、大部分は木製です。上面は水平。手前がカーブしている黒いふたを開けると、白と黒の鍵盤があります。本当は鍵盤の数を覚えていなければいけないところだけど、まず数えなくてはいけません。正確な数は、あとからお知らせしてもいいですか、レオ。ともかく白鍵は黒鍵よりも大きくて、数も多い。鍵盤を押すと、ピアノの上のほうから音が出ます。どこから出るのかは、正確にはわかりません。弾いているときは、ちゃんと見ることもできません。でも色とりどりの響きがあります。左のほうの鍵盤を押すと、低い音が出ます。右にいくにつれ、音は高くなります。黒い鍵盤を何度も押すと、東の国々の童謡を思わせる調べになります。もっと白い鍵盤について書いてほしければ、あなたと一緒に何ができるのか教えてください、レオ。でもおそらく私のピアノの肝心なことについては、ここで説明できたと思います。そう、ピアノについて書いてみました！

草々　エミ

5分後　Re：

よくできましたね、エミ。あなたのピアノについては、よく理解できたと思います。ありありと思い浮かべられます。さあ、ではピアノの前にすわって、鍵盤を数えてください。説明をありがとうございました！　おやすみなさい。

1時間後　件名：

ハロー、レオ。また私。まだ眠くないの。残念なんだけど、何を言ったらいいか、さっぱりわからない。ただ悲しいだけ。ミアのおかげで、私たちも身体的に近づけると思っていました。でも、かえってどんどん離れていってしまう。彼女を怒ったりできない、だって私のアイデアだったのだから。正直に言うと、あなたには彼女と知りあってほしかったんだけど、うまくいってほしくなかったの。私にとって、あなたたちは「理想のカップル」なんてものではなかった（ないの！）。あなたは私から絶対に離れないと信じていた。私はあなたのことをわかっていると思っていた。あなたが彼女のことを好きになるなんて、ありえないと思っていた。ミアはまちがいなく魅力的。でも、私とは思いっきり正反対。彼女はとにかくスポーツ大好きで、力強くて、体も鍛えていて、たくましい。ほくろも鍛えられているし、わき毛だってきっと筋肉でできている。胸郭には胸なんて見えない。陽射しをしっかり受けた肌は、世界一のココナッツオイルの精油所よ。ミアはフィットネス人間。セックスだって彼女にとっては、腕立て伏せをしたり、骨盤にある筋肉を鍛えながら、絶頂のときに一息入れるという、ペアでするトレーニングにちがいないわ。ミアは、サーフボードや、断食療法や、ニューヨーク・シティ・マラソンのために生きる女なの。絶対にレオのための女じゃない……と、少なくとも私は思っていた。でも、レオはまったくちがった評価をしたのね。ミアを求めるということは、私を拒否するということ。私ががっかりした理由、わかった？

10分後　Re：
誰が、私はミアを求めると言いました？　誰が、ミアが私を求めると言いました？

2分後　件名：
何言ってるの。あなたでしょ！　あなたがそう言ったでしょ！　しかもその言い方ときたら！　ほんとにぞっとする感じだった！　あのむかむかする、「まず互いの気持ちをはっきりさせないといけません」ほど、ぞっとしたものはないわ。あなたは言った。「いろいろな点で、よくわかりあえます」だって。おえぇぇぇっ、そんなこと言うなんて思ってもみなかったわ、レオ！

5分後　Re：
たしかに、ミアと私はよくわかりあっています、いろいろな点で。この言葉に嘘はまったくありません。何をよく理解しあっているかといえば、たとえば、あなたのことをまったく同じように考えているんですよ、エミ・ロートナーさん！

3分後　件名：
彼女と寝てないって、言って。

4分後　Re：
エミ、また男の思考回路にはまったというわけですね、ちがいますか？　またそのテーマ。ミアと寝たかどうか、なんて、どうでもいいじゃないですか。

55秒後　件名：
どうでもいい？　そんなことない、私にとっては！　ミアと寝る人は、私とは寝ない、精神的にもね。そこが肝心なの。

2分後　Re：
私たちの関係をまた、たまに精神的にともに寝たことだけに限定しないでください。

50秒後　件名：
あなた、たまに精神的に私と寝たの？　初耳。でもうれしい！

1分後　Re：

ついでですが、寝ましょう。今度は完全に肉体的に。おやすみなさい、エミ。もう夜中の2時ですよ。

30秒後　件名：

ええ、いいわね。昔みたいにね！　おやすみなさい。エミ

翌朝　件名：セックスについてではなく

おはよう、レオ。ところで、私について、あなたとミアはどう意見が一致したの？　ミアは私の何を話したの？　靴のサイズが37の3人のエミのうち、どれが私かわかった？妹さんが挙げた中に、本当に私がいるわよ。「彼女に恋しちゃう」ことになった？

1時間半後　Re：

信じられないだろうけど、エミ、私たちはあなたの外見ではなく、内面の話をしたのです。私は初めからすぐに、エミの外見は知りたくないと伝えました。するとミアはこう答えました。「それはちょっともったいない！」（彼女は本当にいい友達ですね）ミアはもちろん、私たちがくっつくのは、あなたの望みではないとわかっていましたよ。私たちに定められ

た役割は、互いにすぐにわかりました。10分間テーブルに向かいあってすわって……そしてエミ・ロートナーを介して仲間になったのです。

12分後　件名：

そしてあなたたちは、私のために恋に落ちたのね。

1分後　Re：

誰が、そんなことを？

8分後　件名：

レオ・ライケが言ったのよ。「でもミアは、50センチ先、つまり小さなテーブルの向かいで、ジェノヴェーゼ・スパゲティをスプーンを使ってくるくる巻いていました」……「彼女が首を回したとき、そこに生まれた空気の流れを感じました」……「同時に見て、聞いて、触れて、匂いを感じることができました」……「ミアは実物」って。気取りすぎ。いい、レオ、マルレーネのことは仕方ない。私たちの関係が始まるより前のことだし、権利もある。でもミアが首を回したときの空気の流れまでは、私には無理。私だって首を回して、空気の流れをつくって、あなたに感じてもらいたい、マイスター・レオ！（はいはい、この「マイスター」は取り消し）ミアの空気の流れには何があって、私の空気には何がないの？
信じて。私だって首を回せば、すばらしい風をつくれるんだから。

20分後　Re：

私たちは、あなたの結婚生活についても話しましたよ、エミ。

3分後　件名：

へえ、そう。またお気に入りの話題を引っぱり出すの？　それで、ミアは何と言っていた？
ベルンハルトは耐えがたいともらしていた？

15分後　Re：

いいえ、そんなことは言っていませんでしたよ。いいことばかり話していました。彼女が言うには、あなた方の結婚はとにかく理想的だそうですね。不気味なくらい、何もかもぴったりだとのこと。エミはベルンハルトと一緒になってから、弱点がなくなったと言っていました。恥をさらすことを学んだ。ベルンハルトと2人の子どもたちと出かければ、理想的な家族だと見られる。みんな笑顔で、仲よく、幸せそうだ。あなたとご主人には、言葉は必要なくて、静かなハーモニーで満ちている。姉弟は腕を回して並んですわっている。

……きわめて牧歌的光景。ロートナー一家を招いた友人たちは、その後、セラピーを予約したほうがいいそうですね。急に、すべてが誤りだったと悟り、無力感におそわれるそうだから。というのは自分のパートナーはそばで寄り添っていないか、顔も見ない（または両方）から。あるいは、子どもについての悩みが絶えなかったりする。ほかにも、あれもなければ、これもない……寄り添ってくれる人が誰もいない。自分のように、とミアは言います。エミと比べてしまうと、ときどき自分がみすぼらしく感じるそうです。

18分後　件名：

ええ、ミアが結婚、家族のことをどう思っているか、知ってるわ。彼女はベルンハルトが好きではないの。何か少し、つまり親友の私を奪われた気がしているからなの。ひどい話なんだけど、彼女が悩んでいるのは、私の状況がミアよりよくなったことなの。もう私のためと言って、泣くことができない。友情は一方的なものになってしまった。前は、話題も怒りも敵も共通だった……たとえば、男たちやその欠点ね。そういう話には事欠かなくて、尽きることがなかった。ベルンハルトと出会ってからは、事態は変わった。いくらがんばっても、彼への不満を話せないの。ミアとの結束感を高めるためだけに、つまらないことで大騒ぎしても、仕方ないでしょう。私たち、生活が大きくちがってしまったの。それが、ミアと私の問題なの。

5分後　Re：
ミアは言っていましたよ。ロートナー家の牧歌的家族像に、一つだけキズがある、と。少なくとも彼女はいい気がしないそうです。彼女は何度も、あなたに言ったそうですが。

50秒後　件名：
何のこと？

40秒後　Re：
私のことです。

30秒後　件名：
あなたのこと？

15分後　Re：
そう、私のこと、私たちのことですよ、エミ。ミアにはわからないそうです。どうして見知らぬ男にメールするのか、どんなふうに書くのか、何を書くのか、どのくらい書くのか、などなど。メールがそんなに大切だという理由がわからない、と。そしてこう言っていました。エミには何もかもそろっている。欠けているものはまったくない。彼女は心配があれば、いつでもミアやほかの友達のところに行けるとわかっている。物思いにふけりたければ、散歩でもすればいい。恋をかるく楽しみたければ、街中で番号札でも配って、男を並ばせればいい。時間も労力もかかるメル友は必要ない。そう、どうしてあなたに私が必要なのか、どうして私がいいのか、ミアにはわからないそうですよ、エミ。

2分後　件名：
あなたもわからないの、レオ？

9分後　Re：
いえ、わかります、言葉をそのまま受け止めています。ミアにも説明しようとしたんです。エミにとって私は「出張先」のようなもので、家族のいる日常生活から離れる、気晴らしの場所だと。そしてその場にいなくても、エミのありのままを評価し、好意をもっている人間だ。エミはただ書くだけで、あとは何もしないでいい。ミアにとっては、これでは説明不足だったようで、こう言われました。エミには気晴らしなんていらない。気晴らしに力を入れることなんてない。エミが力を入れるときは、何かが「ほしい」とき。エミが何かほしいとなったら、たっぷりほしがる程度ではない。何かほしいとなったら、丸ごとほしがる。

3分後　件名：

きっと、ミアは私のことがよくわかってないのね、レオ。あなたを「丸ごとほしがる」ってどういうこと？　私はあなたと、ジェノヴェーゼ・スパゲティだって食べてない。首を回して、あなたが感じられるような風も起こしていないのよ、レオ。この点に関しては、おわかりのように、ミアにちょっと先を越されたわね。私はぜんぜん知りたくないの。ミアが、あなたの「丸ごと」に、私よりどれだけ近づいたのか、なんて。

1分後　Re：

よかった、めずらしく、好奇心を抑えてくれましたね。

50秒後　件名：

それで、ミアはどれだけあなたの「丸ごと」に近づいたの？

2分後　Re：

「丸ごと」が意味するところに、どんどん近づいています。

55秒後　件名：

ほら、レオ、これが例の答え方よ。こういう答えのせいで、メールをどんどん書いて時間を費やしてしまうの。このことは、ミアに言ってもいいわよ。今度はいつ会うの？　今日？

3分後　Re：

いえ、今日は同僚に食事に招かれました。だから、どっちにしろ、そろそろやめないと。いい夜を過ごしてくださいね、エミ。

45秒後　件名：

それで、ミアは連れて行かないの？　つまり、彼女は、あなたの「丸ごと」には、まだそんなに近づいていないということね。

1分後　Re：

そんなに近づいてはいませんよ、エミ、それで落ち着けるなら、そう言っておきます。

40秒後　件名：

落ち着けたわ！

50秒後　Re：
　エミ。エミ。エミ。

翌日　件名：ミア
こんにちは、レオ、明日はミアに会うの！　じゃあね。エミ

10分後　Re：
　こんにちは、エミ。よかった、あなたにとっても、ミアにとっても。じゃあ。レオ

50秒後　件名：
ほかに書くことないの？

20分後　Re：
　何を想像していたの、エミ？　私はパニックにでも陥らないといけないんですか？　エミ、今日は個人面談日ではないし、私は学校をさぼったわけでもないし、ミアは私の先生ではないし、あなたは、私のママではない。だから、何も怖いことなんてありませんよ。

3分後　件名：
レオ、もし、あなたがミアと……もうわかっているでしょう……だから、明日ミアから聞くよりも、今日あなたから聞きたいの。さあ、教えてくれる？

4分後　Re：
ミアと寝たかどうか？　……それが本当だったら、きっとミアは、あなたに知られたくないと思っていますよ。

1分半後　件名：
「あなた」が、知られたくないんでしょう。ところが残念ね、レオ、私、知ってるの！
そういう書き方は、ミアと寝た人しかしないんだから。

13分後　Re：
それは、あなたにとって大問題になるのでは？　あなたの「外の世界」全体が揺さぶられてしまうのでは？　それともこれはただの、昔からある子どものおふざけ？　私だって持ってないんだから、親友が持ってちゃダメ、というあれですか？

4分後　件名：

レオ、あなたってこういう話題には奥手なのね。では、ここでやめておきましょ。いい一日を。またメールします。エミ

10分後　Re：

たしかにちょっとパソコンをシャットダウンしたほうがいいですよ。そう、まちがいなく、またメールします。

翌日　件名：ミア

ねえ、レオ。ミアに会ったわ！

30分後　Re：

知っていますよ、自分で言っていたでしょう。

2分後　件名：

どんなだったか、聞きたくない？

4分後　Re：

いい質問ですね。答えには、２つの選択肢があります。

⑴ミアがもうすぐ話してくれる。

⑵どっちにしても、エミ、あなたがすぐに話してくれる。

⑵にします。

1分後　件名：

残念、ミアに、どうだったか聞いて。よい午後を！

7時間後　Re：

おやすみなさい、エミ。今日はおとなしかったですね。

翌日　件名：エミ?

メル友さん、ショックを受けているの？　なぜ？　聞きたくないことをミアに言われた？

2時間半後　件名：

レオ、ミアの話の内容は、よくわかっているんでしょう。それから、何を「話さなかったか」

ということも。「そうね、彼、とてもいい人ね。そう、私たちはよく理解しあっている。そう、よく会うの。そう、ときどきはかなり遅い時間にもなる（くすくす笑い）。そう、彼、本当に、いいわよ（にやにや笑い）。そう、男だったら（ため息）考えそうなのは（ペチャクチャペチャクチャ）……でも、エミ、私たちがセックスしたかどうかなんて、どうでもいいじゃない！　そんなの少しも大切ではないし……ああ、エミ、どうしていつもセックスの話ばかりなの？」などなどなど。

親切なレオさん、それはありのままのミアじゃないの。ミアは地をさらけ出しているときは、何時間だってセックスの話をするんだから！　どの筋肉がどんなふうに必要とされて、どんなふうに使われるか、まるで第三者が観察している（聞いている）みたいに。ミアは、5秒間のオーガスムスを、スポーツ医学的観点からカロリー消費リストやそのほか、それぞれ1時間の説明が必要な7つの段階に分類できるの。それがミアなの。そして、まったくミアでない人、というのはわかる？　それは「ああ、エミ、どうしていつもセックスの話ばかりなの？」なんて言う人よ！　こんなのミア率ゼロ。その代わりレオ・ライケ率100パーセント。レオ、ミアをどうしちゃったの？　それに理由は？　私を怒らせたいから？

13分後　Re：

ミアに聞かれませんでしたか？　私と彼女がセックスしたかどうかということに、どうしてそんなに興味があるのか、と。そして彼女に言われませんでしたか？　自分は、あなたとあなたのベルンハルト（はいはい、この「あなたの」は取りましょう）のセックスの回数など聞いたことなどない、と。ミアに聞かれませんでしたか？　あなたは私にいったい何を望んでいるのか、と。聞かれませんでしたか、ちがいますか。それで、どう答えたんですか、エミ？

50秒後　件名：

彼からのメールがほしい！（でもこんなメールじゃなく）

1分半後　Re：

ときには、自分のためのメールを選べないこともあります。

3分後　件名：

私は、自分で選べないなんて、いやなの。そこにあるだけで、すばらしいと思えるものがいい。昔は、そういうすてきなメールをくれていた。ミアとセックスしてから、物事をかき回してばかりで肝心なことを言わなくなった。いいわよ、私のせいなの。ミアとくっつけようとしなければよかった。とにかく私のミス。

8分後　Re：

エミ、約束しますよ、またすてきなメールが届きますよ。ミアやあれやこれやと。でも今日はここまで。芝居に行くんです（いえ、ミアとではなく、妹と友人たちとです）。

では、よい夜を。ピアノによろしく。

5時間後　件名：

もうお芝居から戻ってきた？　今日はもう眠れそうにない。北風について、話したことはあったっけ？　窓を開けたときに吹き込む北風が、我慢できないの。ちょっとでいいから、メールをもらえるとうれしい。こう書いてくれるだけでいいの。
「それなら、窓を閉めなさい」
そうしたら、こう答えるから。窓を閉めていると、眠れないの。

5分後　Re：

寝るときは、頭を窓側に向けているの？

50秒後　件名：
レオ!!　そう、窓に斜めに向けている。

45秒後　Re：
それなら、百八十度向きを変えて、つま先を窓に斜めに向けて寝たら？

50秒後　件名：
それはムリ。だって、読書用ランプをのせたナイトテーブルがないとダメなの。

1分後　Re：
寝るのに、明かりはいらないでしょう。

30秒後　件名：
いらないけど、読むのにはいるから。

1分後　Re：
それならまずは読んで……それから向きを変えて、窓に斜めにつま先を向けて寝たらどうですか。

40秒後　件名：
向きを変えたら、また目が覚めて、何か読まなくてはいけなくなるの。眠れるようにね。
そうしたらまた、ランプののったナイトテーブルが必要なの。

30秒後　Re：
わかった！　テーブルをベッドの反対側に置けばいいですね。

35秒後　件名：
それはムリ。コードが届かないから。

40秒後　Re：
そうですか、ここに延長コードがあるのですが。

25秒後　件名：
メールで送って！

45秒後　Re：
オーケー、添付ファイルで送ります。

50秒後　件名：
ありがとう、受け取りました。いいコードね、どこまでも長くて！　すぐコンセントに差し込むわ。

40秒後　Re：
夜中につまずかないように気をつけて。

35秒後　件名：
これでぐっすり眠れそう、ありがとう、コードも！

1分後　Re：
これで北風も、思う存分吹けますね。

45秒後　件名：
レオ、大好き。北風と戦うには最高ね！
30秒後　Re：
私も大好きですよ、エミ。おやすみなさい。
25秒後　件名：
おやすみなさい。よい夢をね。
翌日の晩　Re：
こんばんは、エミ。今日は、私が先にメールするのを待っていたでしょう、ちがいますか？
5分後　件名：
レオ、ほとんどいつも、あなたが先にメールしてくれるのを待っているのよ。でもたいていは待ちぼうけ。今回は、じっと待ってみたの。お元気？

３分後　Re：
はい、元気ですよ。ちょうどミアと話していました。そして、あなたが望むなら、何もかも打ち明けようと決めたんです。

８分後　件名：
知りたかったかどうかは、あとになってから、やっとわかるの。とにかくその国家発表のような口ぶりだと、私が本当はそれを知りたくなかったと、あとになってわかることに絶対になりそうね。きっとラブストーリーで、妊娠やヴェネツィア旅行や結婚式の予定などの話になるだろうけど、そういう話は書かないほうがいいわよ。今日はお客さんとけんかしちゃったの。それに、月のもののときだし。

４分後　Re：
いいえ、ラブストーリーではありません。そんなものにはなりえない。それに、どうしてそんなことを思いつくのか、さっぱりわかりません。あなたは前は、自分のことにはかなり自信がありましたよね。「自分のこと」というところが肝心です。もっと詳しく書いたほうがいいですか？

6分後　件名：

レオ、そんなのフェアじゃないわ！　私は、どんなことも自信がなかった。そんなものはなかった。前は、あなたを友達に会わせたらどうなるかなんて、考えなかった。ただ、彼女がどう言うか、そしてあなたがどう言うかに、興味があっただけなの、レオ。あなたがそれを言った、いえむしろ言わなかったとき、あなたとミアが言った、いえむしろ言わなかったことが、いやな感じ、と、まず思ったの。でも、そのまま話を続けて。ともかく、いちばん大切なことは、すでに書かれてしまったのだから（あなたの最初の文章で）。これ以上、何も起きようがないわ。

1時間半後　Re：

ミアと私は、日曜日の午後、カフェで初めて会いました。そしてすぐに、私たちがそこにいる理由がわかりました。私たちのためではなく、あなたのためだったのです。私たちがより深い関係になることも、恋に落ちることも、そんな可能性はまったくありませんでした。互いのための存在としては、真逆のタイプでした。私たちは最初の瞬間から、あなたのマリオネットかチェスの駒にされた気がしました。ただ、その「ゲーム」が何なのか、わかりませんでした。今日まで、ずっとわからないままです。エミ、ミアはあなたのことを賞賛し、うらやんでさえいることは、わかっているでしょう。私は今以上の思いをあなたに寄せたほうがいいのですか？　もしそうなら、何のために？　あなたがいかに完璧で理想的な家族生活を営めるか、私は知るべきなのでしょうか？　何のために？　それがこのメールのやりとりと、どう関係するのですか？　窓から吹き込んで眠れないという北風が、それでやむのですか？

そしてミアのこと。彼女は、あなたのことがよくわからなくなっています。ただ初めから一つだけ感じていました。私が、ミアにとってタブーだということです。私は首から看板をさげているそうです。「エミのもの！　接触厳禁！」ミアは、私のことを根掘り葉掘り聞こうとしていない自分に気づいたそうです。私のことをあなたに詳しく説明し、あなたが知らない一面、つまり身体的なところも伝えなくてはならなかったのに。

さて、エミ、ミアと私は割り振られた役割をこなす心づもりはありませんでした。そして、あなたの奇妙なゲームを、めちゃくちゃにしようと決めました。そう、反抗的な私たちは、恋に落ちはしませんでしたが、ともに寝ました。万事順調で、お互い楽しいときを過ごしました。胸のときめきも、激しい欲情も、深い情熱もないまま、事は進みました。あなたをやきもきさせられれば、よかったのです。それは、この世でもっとも簡単で真剣なことでした。私たちは、真剣にあなたに腹をたてていたんですよ！　そこで私たちは、ゲームの中で、自分たちのゲームをしました。そう、最初の夜はうまくいきましたが、２度めはもう無理でした。「ともに」寝ることはできますが、共通の相手と戦うためだけに関係を続けることはできません。そしてミアと私との間に何も生まれないのは、明らかでした。それでも私たちは、そのあとも喜んで会いました。おしゃべりするのは楽しく、互いが好きで(好ましく思っており)、あなたから距離をとれるのもよかったのです、エミ。あなたの思い上がりに対する、小さな罰でした。

こういう次第でした。わかってもらえるか、どきどきしています。メル友さんは、どう頭の中で整理するでしょうか。こんなことを書いているうちに、夜になってしまいました。満月のようですね。北風はやんできました。頭を窓に向けられますね。おやすみなさい！

2日後

Re：
拝啓、エミ、2日間も宙吊り状態では、かなりいやな気持ちになりますね。私はまさに宙吊り状態で、それはあなたのせいなのです。ですから礼儀正しくしますので、どうぞお返事をください。そして、どさりと地面に落としてください。でも、このまま宙吊り状態はご勘弁を。
敬具　レオ

翌日　件名：消化

ハロー、レオ。ヨナスがバレーボールで腕を脱臼したの。2晩病院で過ごしたわ。牧歌的家族像をつくるための小さなステップね。

さて消化のこと。何度もあなたのメールをのみ込み、消化しようとしたけど、残念ながら吐き気がするだけ。味もしない、どろどろのおかゆ状態。私が完璧で牧歌的な家族生活をいかに営めるか、ミアから聞くべきかどうか考えていたわよね。あなたとミアは、大勘違いもいいところ。私の家族生活はまあ良好だけど、完璧ではまったくなくて、忍耐強く、おおらかな気持ちでがんばって築くもので、子どもが脱臼したりするものなの。申し訳ないけど、私の長年の経験をここで披露して、あなたとミアの意見を否定させてもらうわ。「牧歌的家族像」なんて、まったく両立できない言葉の組み合わせで、互いに打ち消しあうの。「牧歌的」か「家族」か、どちらかしか成立しないの。

さあ、次は、「ゲームの中のゲーム」というあなたの言葉についてちょっと。そうすると、ミアと寝たのね、ふたりして私のことを怒っていたから？　……そんな子どもっぽい話、しばらく聞いたこともないわ。レオ、レオ！　こんなの減点よ。

7

2日後　件名：整理

こんにちは、エミ。元気にしていますか？　こちらはそれほど元気ではありません。そして自分に自信もあまりもてません。ミアと会わなければよかったのかもしれない。ミアと会えば、ますますあなたにおかしな感じで縛りつけられてしまうと、わかっているはずだったのに。それがあなたの目的だったから、私はあなたを非難しました。でも半分取り消します。あれは、私たちふたりの目的だったのでしょう。今日まで私たちはそれを認めようとしてきませんでした。ミアは、私たちをつなぐ人でした。あなたは彼女を私にあてがいました。そして私は、彼女と一緒に、あなたに復讐しました。それはアンフェアとはいえません。ミアが私に興味をもったのは、あなたに興味があるからですよ、エミ。あなたは、自分の友達にもう少し歩み寄ったほうがいいと思いますよ。そして私はもう少し引き下がるべきでしょう。ちょっと整理しないといけません。
では、よい一日を過ごしてください。レオ

1時間後　件名：
それで、何を整理するの、レオ。私？

8分後　Re：
あなたのメールは整理できていると思いますよ。でも、私も一度ここで、だんだんとブレーキをかけたほうがいいのかもしれません。

4分後　件名：
ぐずぐず屋のレオ、またいつもの言い回しね。「かもしれません」「いいと思いますよ」「だんだん」「一度」「ブレーキをかける」……こういう、しょんぼりとした後退に、私を巻き込んで楽しいの？　お願い、レオ。どうぞ、ブレーキはかけて、でも、しっかりかけて!!　そして「かもしれません」「いいと思いますよ」「だんだん」「一度」なんていう言葉で、私を苦しめないで。ちょっと、だんだん、いらいらしてきた！

3分後　Re：

了解、ブレーキをかけます。

40秒後　件名：

やっとね。

35秒後　Re：

もう、かけましたよ。

25秒後　件名：

それで今度は？

2分後　Re：

まだわかりません。完全に止まるのを待っているんです。

25秒後　件名：

止まったわね。おやすみなさい！

2日後　Re：

こんにちは、エミ、どうですか、もうメールはやめますか？

7分後　件名：

やめるみたい。

翌日　件名：

メールがこないというのもいいわね。

2時間半後　Re：

そうですね、慣れますね。

4時間後　件名：

やっと、以前は興奮状態だったとわかったわ。

5時間半後　Re：

ストレスでした。完全なストレス。

翌日　件名：
　ミアはどうしてる？

2時間後　Re：
　さあ、もう会ってないんです。

8時間後　件名：
　そうなの。残念ね。

3分後　Re：
　そう、残念です。

翌日　件名：
　あなたとのやりとりは楽しいわ、レオ

9時間後　Re：
　いえいえ、こちらこそ。

翌日　件名：
ところで、マルレーネはどうしてるの？　元さやに戻った？

3時間後　Re：
いいえ、まだですが、でもなんとかしようとしています。あなたの家族は？　ヨナスの膝はどうですか？

2時間後　件名：
腕よ。

5時間後　Re：
そう、そうでした、すみません。腕はどうですか？

3時間半後　件名：
わからない。ギプスをしているから。

30分後　Re：
そうですか。わかりました。

2日後　Re：
悲しいですね、エミ。私たちにはもう、話すことがありません。

10分後　件名：
たぶん、これからずっとないのかも。

8分後　Re：
だから、たくさんおしゃべりしてきたんですね。

20分後　件名：
私たちは、声のないおしゃべりをしていたの。すべて、からっぽな言葉。

5分後　Re：
そう言うなら、黙っていましょう。

12分後　件名：
ブレーキを踏めてよかったわね。
3分後　Re：
停止位置を教えてくれたのは、あなたですよ、エミ！
8分後　件名：
毎日、やめる話をしているわね。
5時間後　Re：
完全にやめたほうがいいでしょうか？
3分後　件名：
ともかく、やめてみたじゃない。
50秒後　Re：
うまく人を巻き込んできますね。

2分後　件名：
あなたが教えてくれたのよ、レオ。おやすみなさい。

3分後　Re：
おやすみなさい。

2分後　件名：
おやすみなさい。

1分後　Re：
おやすみなさい。

50秒後　件名：
おやすみなさい。

40秒後　Re：
おやすみなさい。

20秒後　件名：
おやすみなさい。

2分後　Re：
もう3時だ。北風は吹いている？　おやすみなさい。

15分後　件名：
3時17分ね。西風で体が冷えるわ。おやすみなさい。

翌朝　件名：おはよう
おはよう、レオ。

3分後　Re：
おはよう、エミ。

20分後　件名：
今夜から2週間、ポルトガルに行くの。子どもたちと一緒に海辺の休暇。レオ、戻ってきたら、あなたはまだいるかしら。知っておかなくてはいけないの。いる、というのは……いったい、何が言いたかったのかな。つまり、いる、ということ。言いたいことはわかるでしょう。あなたがいなくなってしまうのが、不安なの。ブレーキはかまわない。止まってもいい。黙ったままの、からっぽな言葉でもいい。でもあなたの黙った、からっぽな言葉がいいの。あなたなしではなく！

18分後　Re：

はい、エミ、あなたのことを待っているわけではありませんよ。でも、あなたが戻ったら、います。いつもあなたのために止まっています。止まっていても、14日間の「休憩」が終わったら、またここで会えるでしょう。この休憩は、ちょうどいいかもしれません。最近は、かなりやりとりしていましたからね。

それでは。レオ

2時間後　件名：

あともうひとつ、出発する前にね、レオ。真剣に答えてね！　私への興味はもうなくなった？

5分後　Re：

本当に真剣に？

8分後　件名：

そう、本当に真剣に。真剣に、そして急いで！　ヨナスのギプスをはずしに行くから。

50秒後　Re：

あなたからのメールが届いているとわかると、どきどきします。今日も、昨日や7か月前と同じようにどきどきしました。

40秒後　件名：

黙ったままの、からっぽの言葉なのに？　うれしい!!　休暇をちゃんと過ごせそう！

アデュー。

45秒後　Re：

アデュー。

8日後　件名：

こんにちは、レオ。ここは、ポルトのネットカフェ。ちょっとだけ、急いで書いているの。あなたの心臓が、「どきどき」しなくなって、止まったりすると困るから。こちらは元気。おチビさんは、休暇の初めから下痢になっちゃって、お姉ちゃんは、ポルトガル人のサーフィンの先生に恋をしたわ。あとたったの6日！　あなたのメールが楽しみ！

（PS　マルレーネの話から始めないでね）

6日後　件名：こんにちは！

レオ、戻ってきたわ。「休憩」はどうだった？　何かニュースはある？　あなたがいなくて、さびしかった！　あなたからはメールくれなかったのね。どうして？　最初にくるメールが怖いわ。もっと不安なのは、わざと待たされているのではないかということ。質問。これからどうする？

15分後　Re：

エミ、最初のメールを怖がることはないですよ。これが最初のメール、まったく無害なものです。

(1)ニュースは……なし。

⑵休憩は……長かった。

⑶私はメールを書きませんでした……休憩だったから。

⑷メールがなくてさびしかった……こちらもです！（たぶん、こちらのほうがずっと。あなたには少なくとも、ポルトガルのサーフィンの先生から守らなくてはならない16歳の娘さんがいますからね。その後、どうなりましたか？）

⑸これからどうするか？　……可能性はきっかり3つ。今までと同じように続ける。やめる。会う。

2分後　件名：

⑷の答え。フィオナはポルトガルに移住して、サーフィンの先生と結婚するんだって。荷物をまとめるために、ちょっと家に戻ってきただけらしいの。と、彼女は思っている。

⑸の答え。会う、に賛成！

3分後　Re：

昨夜は、あなたの夢をはっきり見ましたよ、エミ。

2分後　件名：

本当？　私も見たことあるわ。つまり、あなたの夢をはっきり見たということだけど。「はっきり」って、どういうこと？　夢ははっきりしていただけ？　それともすこし色っぽかった？

35秒後　Re：

そう、最高に色っぽかった！

45秒後　件名：

ほんと？　そんなの、ぜんぜんあなたっぽくない。

1分後　Re：

私もびっくりしました。

30秒後　件名：

それで？？　詳しく教えて！　何をしていたの？　私はどんなだった？　顔は？

1分後　Re：
顔は、あまりよくわからなかった。
1分半後　件名：
ちょっと、レオ、あなたって人は！　きっと、私はカフェにいたエミね。胸が大きくて、目を見はる大きさだったでしょうね。
50秒後　Re：
どうして、いつも大きな胸にこだわるの？　胸に大きな問題でも抱えているの？
2分後　件名：
そこがあなたのびっくりするところよ、レオ。私の胸が大きいかどうか、知りたくないのね。あなたが知りたいのは、胸に大きな問題を抱えているかということなの。そんなこと言うなんて、男らしくないわ、あなたは完璧な、巨乳シンドロームなのね。
3分後　Re：
エミ、私のこと性的不感症だと思ってくれていいですよ。でも、大きいか小さいか、豊かか薄いか、丸いか平たいか、卵形か、角張っているか、顔も知らない人の胸には、なぜかまったく興味がないんです。少なくとも、ほかの人とはちがって、女性の胸の大きさを気にする才能が私には欠けているようです。

1分後　件名：

ふーん、反論するのね！　３つ前のメールで言っていたわよね。最高に色っぽいメールで、私は男に見せるようなものはすべて見せたのに、顔だけはわからなかったと。そのとき私の胸も見えなかったと言って。

55秒後　Re：

夢では、顔も胸も、ほかの体の部分も見えませんでしたよ。ただ感じただけです。

1分半後　件名：

体が見えなかったなら、どうして私だとわかったの？　何も見えないまま、触っているのに。

1分後　Re：
　あなたみたいな話し方をする女の人は、ひとりしかいません。だから、あなた！

2分半後　件名：
何も見えないまま、体に触れて、話をしたのね？

50秒後　Re：
　目をつぶって触ったりしていませんよ、感じたんです。大違いですよ。そして私たちは（ほかのこともしたけれど）話しましたよ。

35秒後　件名：
最高に色っぽいわね！

1分半後　Re：
　私の話を、わかっていないようですね、エミ。そういうことを「あなたの」男たちの身になって、考えてばかりいるからですね。

2分後　件名：

「私の」男たちがいて、……「ただ一人のレオ」、胸など気にもしないレオもいる。こうして立派に区別したところで、今日のところはフェードアウトしましょう。終わりにしないと。まだ片づけなくてはいけないことがあるから。明日メールします。

ではまた。エミ

翌日　件名：会うこと

さあ、レオ、会いましょうか。この世の時間は私のもの。ベルンハルトは子どもたちと1週間旅に出たから。私、ひとりなの。

5時間半後　件名：

ねえ、レオ、話せなくなったの？

5分後　Re：

いいえ、エミ。考えていただけ。

10分後　件名：
　ろくなことじゃないわね。何を考えているか、わかっているんだから。レオ、お願い、会いましょ！　おそらく最後の貴重なチャンスを無駄にするのはやめましょうよ。何かリスクでもある？　失うものがある？

2分後　Re：
(1)あなた
(2)私
(3)私たち

17分後　件名：
　レオ、あなたって、ひどい接触恐怖症なのね。会いましょうよ、互いに好きになれると思うわ。おしゃべりしましょ。これまでみたいにね、ただし、口を使うの。最初の瞬間から信頼しあえるわよ。1時間後には、会う前の状態がどんなだったか想像もできなくなるわ。イタリアンレストランの小さなテーブルにすわりましょ。私、目の前で、ジェノヴェーゼ・スパゲティを食べる（ボンゴレでもいい？）そして首を回して、風を起こして、あなたがそれを感じられるようにするわ、レオ。やっと、本物の、自然の、解放的な、バーチャルではない風よ！

1時間半後　Re：

エミ、あなたはミアではありません。ミアには、何も期待していませんでした……そしてたどった方向も逆でした。ミアと私はふつうの出会い方をして、スタート地点から始めました。私たちの場合とは事情がちがいます、エミ。私たちはゴール地点から始めるんです。そして進む方向は一つ。戻り道。私たちは、夢をさますほうへと向かうんですよ。私たちは書いたことを再現できません。互いに思い描いているたくさんの絵に筆を足すこともできない。あなたが、私の知るエミほどよくなかったら、がっかりするでしょう。そしてあなたはそれほどよくないに決まっているんです！　そしてあなたは、私があなたの知るレオほどよくなかったら、落胆します。そして私は、それほどよくないに決まっているんです！会えば、夢から覚めてだらだら進むことになるのです。それは初めての、そしてただ一度の出会いとなるでしょう。一年も腹をすかせて我慢して、やっと食事にありつけるのですが、ぐつぐつ煮過ぎてしまったために、すっかりまずい食事になっていたというわけです。それから？　……終わり。終了。ごちそうさま。そして何もなかったかのようなふりをするのでしょうか？　エミ、神話も魔法も消えて、ベールははがされ、失望し、目の前に突然現れた相手の姿を永遠に抱き続けることになる。そして互いに何を書くのか、わからなくなる。何のために書いたらいいのか、互いにわからなくなる。そしていずれ、カフェや地下鉄で出会う。そのときには、互いに気づかないように、気づいても気づかなかったふりをして、さっさと離れようとするでしょう。互いの中から生まれたもの、そこから残ったものに困り果てる。何も残っていません。長いことたわいもなく欺きあった、同じバーチャルな過去をもつ、見知らぬ他人同士というわけです。

3分後　件名：
そして毎日、何百もの生物の種が絶滅する。

1分後　Re：
どういうこと？

55秒後　件名：
レオ、あなたって、ぶつぶつ嘆いて嘆いて嘆いて嘆いて嘆いて、暗いことばかり暗く暗く暗く暗く思い描くのね。

25秒後　Re：
暗く思い描く。

40秒後　件名：
？？？

1分半後　Re：
暗く思い描く。（ひとつ忘れてましたよ。5回「嘆いて」と書いたら、5回「暗く」。または4回「嘆いて」と書いて、4回「暗く」。4回のつもりだったなら、「嘆いて」が多かったことになりますね）

2分後　件名：
すばらしい観察力ね、よくできました。いかにもレオっぽいわ。ちょっと病的でムリヤリだけど、愛情がこもっていて、几帳面で正確。だから、あなたの目が見たいの、本物の目が！　おやすみなさい。私の夢を見てね！　今度は私のことよく見てみてね！

3分後　Re：
おやすみ、エミ。申し訳ない、私がこんな感じで、こういう自分で、このままで。

2日後　件名：「かるく」会うこと
いい午後ですね、エミ。ショックを（まだ）受けていますか、それとも今夜またちょっとワインをかるく飲みますか？　期待をこめて。レオ

1時間半後　件名：
こんにちは、レオ。今夜は、「現実の世界」でミアと会うの。私たち、「昔のように」始めて、いちばん遅くまで開いているバーでしめることにしたの。羽目をはずしてしまったと、言わないですむようにね。つまり、そうしないと、ずるずる朝5時になる可能性が高いっていうこと。

16分後　Re：
了解。留守番を、存分に堪能していますね。ミアに、どうぞよろしく。よい夜を。

8分後　件名：
たまにこんなメールをくれるけど、こういうのを読むと、あなたの外見がどんなだか、知りたいとも思わなくなるわ。（ところで、家族、少なくとも私の家族に対するあなたのイメージって、かなり単純ね。朝5時までうろつきたくなっても、家族が留守にするまで我慢する必要はないの。いつでも好きなときに、出かけられるのよ）

3分後　Re：
では、いつでも好きなときに、私に会えるんですよね？　ベルンハルトが子どもたちと一週間、山に行こうが、隣の部屋で過ごしていようが。（そしていつでも私はあなたの家に遊びに行けますね）

20分後　件名：
レオ、やっと、わかったのね!!
もっと早くわかれば、一昨日の、会えば衝撃的な出会いとなって幻がくずれる、なんていう、どんよりしたおしゃべりは省略できたのに。つまり、それはあなたの問題ではないの。あなたの問題はベルンハルト。あなたは自分に誠実だから、彼のあとで2番めにはなれない。私に会いたくはないのよ。私を「手に入れる」ことは論理的にできないから。まあ、実際に手に入れたいかどうかは別として。でもメールでは、私を自分だけのものにして、立派に私とうまくつきあえて、気分によって近づいたり引いたり距離をコントロールできる。ちがいますか？

45分後　Re‥

エミ、質問に答えてくれていませんね。ご主人が外出せず、隣の部屋にいるとき、私に会いますか（会いたいですか）？　それから（追加の質問）、ご主人に何と言うのですか？

きっとこんな感じでしょうか。「ねえ、あなた、今夜、男の人に会うんだけど、その人とはこの一年間メールを続けていて、ほとんど毎日何度も、『おはよう』から『おやすみ』までやりとりしているの。ニュースをいちばんに知らせることも、しょっちゅうある。そして寝る前に最後に言葉を交わす人になることも。夜、眠れないときや、北風が吹くときは、あなたのところには行かず、彼にメールを書くの。で、彼は返事をくれる。その人は、私の頭の中で吹く北風を、すばらしくうまく止めてくれるの。何をそんなに書くのかって？

そうね、個人的なことだけ、ふたりのことだけ、あなたがいなかったらどうなるだろう、ね、あなた、あなたと子どもたちがいなかったら、とかね。そう、言ったように、今夜、彼に会うの……」

5分後　件名：
夫に、「ねえ、あなた」なんて言ったことありません。

50秒後　Re：
そうでしたか、すみません、エミ。もちろん、ベルンハルト、と呼びかけるのでしょう。
そのほうが、敬意が感じられるから。

4分後　件名：

レオ、意地悪なことを言わないで。うまくいっている結婚生活に悪いイメージがあるのね。

夜、あなたに会いたいとき、私がどう言うかわかる？　こう言うの。

「ベルンハルト、今晩出かけるから。友達に会うの。遅くなるかも」

で、ベルンハルトがどう答えるか、わかる？　こうよ。

「おしゃべり楽しんできて！」

どうして、こういう答えになるか、わかる？

1分後　Re：
あなたが何をしようと、かまわないからでしょう？

40秒後　件名：
私を信頼しているからよ！

1分後　Re：
　何を信頼しているの？

50秒後　件名：
彼との生活で問題になることや、いずれ問題になりそうなことを、私がしないということ。

9分後　Re：
　そう、そのとおり。あなたが今いるのは、放っておいてもだいじょうぶな、なじみ深い「外の世界」でしたね。「内の世界」は、しっかり守られている。エミ、もしも、あなたと私が恋に落ちたら、もしも、ロマンスが生まれ、事が進展したら……どう呼ぼうとかまわないけれど、それでもやはり、エミ、あなたはベルンハルトとの生活で問題になることや、いずれ問題になりそうなことは、何もしないのですか？

12分後　件名：
　レオ、前提がまちがっているわ。私はあなたに恋をしない!!　ロマンスも、事も、あなたがどう呼ぼうとかまわないけれど、何も進展しない！　ただ会うだけなの。ずっと会っていない、昔からの親しい友人に会うみたいにね。ただちがうのは、しばらくずっと会っていないのではなく、まったく会ったことがないということだけ。「レオ、変わらないわね」と言う代わりに、「レオ、こういう人だったのね！」と言うだけ。そういうことなの！

8分後　Re：
　つまり、私だけがあなたに恋して、いわば片思いになれば、満足ということですね。そうなったらきっと一生涯、私は心をかきみだされ、熱く燃えあがるようなメールをあなたに書き続けるでしょう。そして答える者のない情熱あふれる詩、歌、ひょっとするとミュージカルやオペラまでできるかもしれない。そうしたらあなたは自分や、ベルンハルト、または両方に言うんです。「ほら、あのとき彼に会ってよかったでしょう」

40秒後　件名：
マルレーネに何かされたのね！

4分半後　Re：

話をそらさないで、エミ。マルレーネは、めずらしく関係ありません。これはまさに、あなたと私のふたり、いえ、こう言いましょうか、私たち3人の問題です。つまりあなたのご主人も少し関わっています。あなたは、そのためにがんばっているのですから。そしてよりによって今、ご主人がはるかな山にいるとあなたが思っているときに、私に会おうとしているのが、単なる偶然とは思えません。

2分後　件名：

そう、偶然なんかじゃない。今週は、自分のために使える時間がたっぷりあるの。自分が好きな人と過ごせる時間よ。友達や、友達になりそうな人のための時間。それはそうと、時間よ。もうすぐ8時になるわ。出かけないと。ミアがきっともう待ってる。よい夜を過ごしてくださいね、レオ。

5時間後　件名：レオ？

こんばんは、レオ、偶然起きていたりする？　一緒にワインを一杯飲む？　レオ、レオ、レオ。気分がとってもよくないの。エミ

13分後　Re：

はい、起きていますよ。つまり、もうすぐまた起きるということ。というのは、エミ用の着信音をセットしておいたのです。メールの着信音をボリュームいっぱいに設定して、ノートパソコンを枕元に置いていました。それでまさに、その音で体を起こしたところです。エミ、今夜またメールがくるとわかっていたんですよ！　いったい今、何時だろう……ああ、真夜中を回ったばかりか。ミアとそんなに長く一緒にいなかったんですね。（ワインはもう飲みません。歯を磨いてしまいましたし。歯磨き粉の上にワインをかけるのは、朝のコーヒーに合わせてヌードル入りスープを飲むようなものだから）

2分後　件名：

レオ、メールをもらえて、私、とーってもうれしい!!　どうしてメールがくるとわかったの？

7分後　Re：

(1)あなたは自分が好きな人間と過ごしたがっていたから。「友達や、友達になりそうな人のための時間」を。

(2)あなたは家でひとりだから。

(3)あなたはさびしがっているから。
(4)北風が吹いているから。

2分後　件名：
ありがとう、レオ。私のこと怒ってないのね。昨日は、ものすごくそっけないメールを書いちゃったでしょう。あなたは私にとって、ただの友達とはちがう、もっとずっと大事な人なの。あなたは私のためにいる。あなた、あなた、あなたは、私がしていない質問にも答えてくれる人。そう、さびしいの。だからメールしたの！

40秒後　Re：
それで、ミアとはどうでした？

2分半後　件名：
ひどかった！　私がベルンハルトの話をするのが気に入らないみたいなの。それに、私の結婚生活の話も。家族の話も好きじゃない。メールの話もダメ。ミアは、私の……レオの話をするのもいやがるの。私の話しぶりがいやなの。わたしの話がいやなの。いやなの。私のことがいやなの。

1分後　Re：
どうしてそんなことを言うのですか？　ミアと、昔のようにバーめぐりをしたがっていた気がしますが。

3分後　件名：
昔を取り戻すことはできないわ。昔という名のとおり、時は過ぎ去ってしまったの。今という時は、昔にはなりえない。取り戻そうとしても、それはすでに昔のものになり、古びてしまっている。取り戻そうと懐かしむ本人自身のようにね。昔を懐かしがって悲しんではいけないの。昔を思って悲しがる人は、年老いて、悲しんでいるの。言ってもいいかしら。家にいるのはイヤ……レオのところに帰りたい。

50秒後　Re：
あなたの家になれるなんて、うれしいですね！

2分後　件名：
レオ、まじめに言って、私とベルンハルトのことどう思う？　私やミアから聞いたことについてどう思う？　まじめに答えてね。

4分後　Re：
おやおや……夜中の12時半にする質問ですか？　それに、自分の「内の世界」を、完全に私から切り離しておきたかったんですよね？　やれやれ、まあいいでしょう。あなたの結婚生活はちゃんとうまくいっていると思いますよ。

45秒後　件名：
「ちゃんとうまくいっている」って、否定的な意味だったの？　よくないことなの？　どうしてみんな立派な人たちは私に、「ちゃんとうまくいっている」関係は、よくないことだと言うの？

6分後　Re：
エミ、否定的な意味ではありませんよ。何かがうまくいっているときに、悪くなるはずがないでしょう？　よくないと思うのは、うまくいかなくなったときです。そのとき人は自問します。どうしてうまくいかなくなったんだろう。もしくは、なんとか、うまくいかせられないものか、と。でも、エミ、ここでベルンハルトとあなたの結婚生活について話したのは、本当にまちがっていたと思います。ミアもきっとまちがっていました。ベルンハルト、そう、ベルンハルトだけが正しいのでしょう、そう思います。

13分後　Re：
ちょっと、エミ、寝てしまったの？

35秒後　件名：
レオ、あなたの声が聞きたい。

25秒後　Re：
え、何？

40秒後　件名：
あなたの声が聞きたいの！

3分後　Re：
そう、本当に？　どんなだと思いますか？　テープに吹き込んで送りましょうか。何を聞きたいですか？　発声テストでもいいですか。「21、22、23」とか。それとも歌でもうたいましょうか（思いがけずうまく音がとれたら、なかなか悪くないですよ）。あなたはピアノで伴奏もできますね……。

55秒後　件名：
ちょっと！　レオ、私は、今すぐ、あなたの声が聞きたいの！　どうか、この願いをかなえて。電話して。８３１７４３３だから。留守番電話にメッセージを吹き込んでみて。お願い、ね、お願い！　ちょっとだけでいいの。

1分後　Re：
こちらは、あなたが強調して書いた言葉を、どんなふうに言うのか聞きたいな。大声で叫んでいるの？　甲高く？　金切り声で？

2分後　件名：
わかった、レオ。こういうのはどう？　今すぐ私に電話して、メールの文章を留守番電話に話してみて。たとえば、「そう、本当に？　どんなだと思いますか？　テープに吹き込んで送りましょうか。何を聞きたいですか？　……」っていう感じで。そうしたら、こちらから電話して言うわ。「ちょっと！　レオ、私は、今すぐ、あなたの声が聞きたいの！どうか、この願いをかなえて……」っていう感じで。

3分後　Re：
少し異議あり。わかりましたが、明日にしましょう。まずは声を出せるようにしないと。それに今はくたくたなんです。留守番電話会議は、夜の9時きっかり。いいワインとともに。いいですか？

1分後　件名：
いいわ。ゆっくり休んでね、レオ。そこにいてくれてありがとう。私を受け止めてくれてありがとう。あなたがいることに感謝！

45秒後　Re：
では、ノートパソコンをベッドから放り出します！　おやすみなさい。

翌日の夜　件名：私たちの声
こんにちは、エミ。本当にやる？

3分後　件名：
もちろん、わくわくしているわ。

2分後　Re：

それで、私の声が気に入らなかったら？　がっかりしたら？　ちょっと、こんな男と私はずっと話をしていたの？　ショック！　と思ったら？　（乾杯！　こちらはフランスワインを飲んでいます）

1分半後　件名：

それが逆だったら？　私の声がいやだったら？　つま先からひっくり返りそうなひどい声だ、と思ったら？　もう話をするのがいやになったら？（乾杯！　私はウィスキーを飲んでいるの、許してくれる？　ワインを飲むには、ナーバスすぎるから）

2分後　Re：

たった今送った2つのメールを使いましょう、いい？

3分後　件名：

でも、今のは、難しいメールだわ。ほとんど質問しか書いてない。初めて話しかけるのに、質問からというのはやりにくいわ。ともかく女にとってはね。質問するとき、女は不利な立場にあるの。だって語尾を高く上げるでしょう。つまり、今より声を高くする状況に追い込まれる。ナーバスなときは、ただでさえも声が甲高くなるに決まってる。言っていること、わかる？　甲高い声って、ひどいでしょう。

1分後　Re：

エミ、始めますよ！　まずはこちらから。5分後にあなたが話してくださいね。終わったら、メールしましょう。そして、それからついに録音を聞くんです。いいですか？

30秒後　件名：

待って!!　そっちの電話番号は？　よければ教えて。

35秒後　Re：

あ、ごめんなさい。4520737です。さあ、はじめますよ。

9分後　Re：

終了です、今度はそちらですよ！

7分後　件名：
終わった！　どっちから聞く？

50秒後　Re：
ふたり同時に。

40秒後　件名：
了解。あとでメールしましょ。

14分後　件名：
レオ、どうしてメールくれないの？　私の声が気に入らなかったなら、直接（受信ボックスに向かって）言っていいのよ。私は女だから、さっきのメールを読むことになって、ひどく不利な立場にあったと思うわ。声に交ざってカチカチいっているのは、私の声じゃなくてウィスキーグラスよ。すぐメールくれなきゃ、ボトル1本飲んじゃうから！　それでアル中になったら、入院費を請求させてもらうわ！

2分後　Re：
エミ、ぼうぜんとしています。つまり、すっかり驚いてしまったんです。まったくちがう想像をしていました。教えてください。本当にいつもこういう話し方？　それとも声をつくった？

45秒後　件名：
どうだった？

1分後　Re：
とても色っぽかった！　AV女優の声みたいだった。

7分後　件名：
ほめ言葉ね、これで生きていける！　でもあなたのほうも、ぜんぜん気弱な感じじゃなかったのね。文章よりずっと大胆。深みのある声。気に入ったのは、「ちょっと、こんな男と私はずっと話をしていたの？　ショック！　と思ったら？」のところ。とくに「ちょっと」と「ショック」の言葉。「ちょっと」の「ちょ」の部分。あなたの「ちょ」は、まさに衝撃的。本当のところ、きちんと音にもなっていない。むしろささやきか、さざめきか。歯の間から紙巻きタバコの煙を吐き出しているみたい。「ちょ」っていう音が、あまり使われないのは、残念じゃない？　でもあなたはどんどん、そういう言葉を使うべきよ！　それに「ショック」という言い方は、とんでもなくいかがわしくて、本当にセクシーで、挑発的だった……何のための挑発か、はどうでもいいんだけど、とにかく、挑発する感じ。あなたが言うと、「ショ」という音は、新しい精力剤の名前になりそう。バイアグラの代わりに「ショ」を、声の出演はレオ・ライケ、なんて、とてもいいじゃない。

4分後　Re：

こちらは、あなたが「つま先」と言ったとき、息が止まりそうでした、エミ。あんなに優美でやさしく、深く、はっきりとした「つま先」という言葉は聞いたことがないし、まさかあなたからこんな言葉を聞くとは思ってもみなかった。金切り声でも、ガラガラ声でも、しゃがれ声でもない。本当に美しく、やわらかく、エレガントな、ビロードのような「つま先」だった。そして「ウィスキー」こちらは高貴な響きさえあった。「ウィ」には古びたロープが揺れるかのような音。「キー」は、あなたの……寝室の鍵のようでした。（私の赤ワインのボトルはからになりそうです、気づいていましたか？）

1分後　件名：
レオ、もっと飲んで！　あなたが酔っているの、好きなの。それが声と結びつくと、私、少し……。

20分後　件名：
レオ、どこに行っちゃったの？

10分後　Re：
待って。赤ワインを1本あけたところです。このフランスワイン、いけますよ、エミ！　この国のフランスワインの消費量は少なすぎます。回数も量も少なすぎる。もっとたくさん、フランスワインを飲みましょう、そうすればみんな幸せになって、よく眠れます。君の声は、本当に色っぽいですね、エミ。君の声が大好きだ。マルレーネもとても色っぽい声だけど、ちょっとちがう。マルレーネは、君よりずっと冷めています、エミ。マルレーネの声は深いけど、冷たい。エミの声は深くて温かい。そして言う。ウィスキー。ウィスキー。ウィスキー。もう1杯、ぼくたちのために乾杯！　ぼくが飲んでいるのはフランスの赤ワイン。エミ、もらったメールをもう一度全部読むよ。きっとまったくちがった響きになるだろうな。これまでのメールにまちがった声をあてて読んでいたから。いつもマルレーネの声で読んでいたよ。エミは、ぼくにとってマルレーネだった、何もわからない初めの時から、マルレーネだった。そこにはただ愛があるだけ、ほかのものは何もなかった。すべてが可能だった。エミ、気分はどう？

5分後　件名：

まったくもう！　レオ、そんなに慌てて飲まなくちゃいけないの？　もう少しゆっくり長くやってくれない？　頭をキーボードにのせてしまっているようなら、おやすみなさい、レオ。あなたと一緒にいるのは最高。でもときどきそういう最高なときは……しかもちょうどはらはらしてくるといつも……絶対（アルコールつきで）短すぎる。まあいいわ、少なくとも、私には留守番電話の録音がある。寝る前に、何回かレオが「ちょっと、こんな男と私はずっと話をしていたの？　ショック！　と思ったら？」と言う声を聞くことにするわ。きっとこれで、北風も平気になる。

12分後　Re：

エミ、まだ寝ないで！　ぼくはまだ元気で、気分もいいんだから。エミ、ぼくのところに来て！　ワインを1杯飲もうよ。耳元で「ウィスキー、ウィスキー、ウィスキー！」とささやいて。そして「つま先」と言って、つま先を見せて。ぼくはこう言うんだ。「これがあの有名なエミのつま先だね、靴のサイズが37の有名なエミの、有名な足だね」と。約束するよ。ぼくは手を君の肩にかけるだけ。軽く腕を回すだけ。一度キスするだけ。何度かキスするだけで、あとは何もしない。ただの罪のないキスだよ。エミ、君の香りがどんなだか、知らなくちゃいけないんだ。この耳で、君の声はわかったから、今度は、この鼻で君の香りを感じなくちゃ。まじめに言ってるんだよ、エミ。ぼくのところに来て。タクシー代は払うよ。あっ、それはいやだったね。タクシー代なんか、誰が払ったっていい。ホーホライトナー通り17番地、最上階15番だよ。ぼくのところに来て！　それともぼくが、そっちに行こうか？　君のところに行くよ！　ただ一度香りを感じるだけ。一度キスするだけ。セックスはなし。君は結婚しているんだ、残念なことに！　セックスはなし。約束するよ。ベルンハルト、約束するよ！　ただ君の肌の香りを感じたいんだ、エミ。君の外見は知りたくない。灯りは消しておこう。真っ暗闇の中。何度かキスするだけだよ、エミ。それは悪いこと？　裏切り？　裏切りって何？　メール？　声？　それとも香り？　それともキス？　今、君のそばにいたい。君と抱きあいたい。ただ一夜、エミと過ごしたい。目はつぶっている。どんな姿か知りたくないから。ただ香りを感じて、キスして、そばにいたい。楽しみで幸せで、笑ってしまいます。これは裏切りですか、エミ？

5分後　件名：

「ちょっと、こんな男と私はずっと話をしていたの？」

おやすみなさい、レオ。あなたといるのはすてき。とんでもなくすてき。すてきすぎる!!　こんなこと慣れることができるかしら。もう慣れたわ。

8

翌朝　件名：

　おはよう、レオ。残念なお知らせ。南チロルに行くことになったの。ベルンハルトが病院で寝ているの。熱中症か、何かそんなようなものだと、お医者さんは言っている。向こうに子どもたちを迎えに行かなきゃ。私は頭痛。（ウィスキーの飲みすぎ！）すてきな夜をありがとう。私も、何が「裏切り」なのかはわからない。ただ、あなたが必要ということがわかるだけ。レオ、とってもとっても必要なの。そして家族も私が必要。もう行くわ。明日またメールする。フランスワインの飲みすぎで、あなたも具合が悪くなってないといいけど……。

翌日　件名：すべて大丈夫

レオからのメールはなし？　ただこう言いたかっただけ。私たち戻ってきたわ。ベルンハルトもね。循環虚脱だったんだけど、また歩けるようになったわ。メールちょうだいね、レオ、お願い!!

2時間後　件名：ライケ様へ

前略　ライケ様

こうしてメールを書くには、かなりの覚悟が必要でした。正直なところ、遠慮したいですし、一行ごとに困惑が混じり、それが大きくなっていくと思います。私は、ベルンハルト・ロートナーです。自己紹介は必要ないでしょうね。ライケさん、お願いがあるのです。こんなお願いをしたら、さぞ驚かれることと思いますが、こうしてお願いする理由を書いてみたいと思います。私は残念なことに文章を書くのが得意ではありません。不慣れな形式ですが、どうにかすべて説明したいと思います。この数か月、何があったか、なぜ私の生活の歩みが次第に乱されるようになったのか、私の生活、家族の生活、そしてもちろん妻の生活。私たちは何年か結婚生活をうまくやってきたので、正しい判断ができると思っています。

そしてここからがお願いです。ライケさん、妻に会ってやってください！　そしてそろそろ、こんな騒ぎは終わりにしてください！　私たちは大人ですから、指図などはできません。ただ、必死にお願いするだけです。彼女に会ってください！　今私は、自分の無力さに悩んでいます。こういう文章を書くことが、いかに自分をおとしめることか、わかってもらえるでしょうか。ライケさん、反対に、あなたのほうは少しも恥はさらしていません。責められるべきことも何もありません。そうなんです、私もあなたを責められはしません。本当に残念なことにできません。ゴーストを非難することはできません。あなたのことはつかめませんし、触れませんし、現実でもありません。妻のただ一つの幻です。果てしない幸福の幻、浮世の夢、愛のユートピア、文字でできています。それに対して私はなすべもなく、運命が寛大になって、あなたが血と肉でできた人間になり、輪郭や、強さ、弱さ、攻撃される実体がある人間になるのを待つしかありません。妻が私と会うのと同じようにあなたに会えば、やっと、すばらしい幻も、傷つくこともある、不完全な、欠点のある人間だとわかり、あなたが彼女と正面から顔を合わせれば、あなたの圧倒的な力は消え去ります。そうすればやっと私は対抗できます。エマをめぐって戦えます。

「レオ、家族のアルバムをめくらせないで」と、妻は書いていますね。今、彼女の代わりに、この私がめくりましょう。私たちが知りあったとき、エマは23歳で、私は音楽大学のピアノ講師で、彼女より14歳年上で結婚しており、２人のすばらしい子どもの父親でした。交通事故によって家族は打ちのめされました。３歳の息子は精神的にひどいショックを受け、姉は重傷を負い、私自身は後遺症が残り、子どもたちの母、妻のヨハンナは死にました。ピアノがなかったら、私はくじけていたでしょう。しかし音楽は生命です、音楽が響く限り、永久に死ぬものはありません。私は音楽家で、演奏すれば、思い出も目の前の出来事のように蘇らせることができます。そうして私は慰めを見出してきました。そして、そこには私の教え子たちがいて、気を紛らせることができ、仕事があり、意義もありました。そう、そしてそこに突然、エマが現れました。生気あふれる、威勢のいい、すばらしく美しく若い女性が、バラバラになった私たちを集めてくれたのです。見返りをまったく期待せずに、やってくれました。世界には、悲しみと戦うため、そうした並外れた人間がいます。しかし、ごくわずかしかいません。どうして私が、そんな人を得られたのかはわかりません。でも突然、彼女は私のそばにいました。子どもたちは彼女のところに駆け寄っていきました、そう、そして私は彼女にほれこみました。

そして彼女は？　ライケさん、きっと今頃考えていることでしょう。そう、それでエマは？　23歳の学生のエマは恋に落ちたのだろうか。よりによって、もうすぐ40歳になろうという哀れな姿の老騎士に、当時、鍵盤で音をやっとかき集めていた男に……この質問には、あなたにも、私にも、答えを用意することはできません。私の音楽に対する賞賛だけだったのでしょうか（当時は、コンサートもし、ピアニストとしてかなり成功していました）。そのうちのどれだけが同情、救いたいという思い、困難なときでも人とともにいられる力だったのでしょうか。早くにこの世を去った彼女の父親を、どれだけ重ねたのでしょうか。どれだけかわいいフィオナや、愛くるしい幼いヨナスに夢中になったのでしょう。どれだけ彼女の中に、私自身の幸せが投影されていたでしょう。どれだけ彼女は、私自身ではなく、私の彼女へのあふれる愛情を愛していたでしょう。どれだけ、私が、ほかの女性のため彼女を傷つけることはないという生涯にわたる安心、そして彼女へのたしかな忠誠を享受していたことでしょう。……信じてください、ライケさん、こちらがそそぐ熱い感情と同じような気持ちを彼女の中に感じなかったら、私は彼女に近づかなかったでしょう。彼女ははっきりと、私や子どもたちに自分がひきつけられるのを感じ、私たちの世界の一部になろうとし、私たちの世界の一部になりました。しっかりとした中心的な一部分になったのです。2年後、私たちは結婚しました。こうして8年になります（すみませんが、ここであなた方の秘密ごっこのじゃまをして、千もの秘密のうちの1つを明かします。ご存じの「エミ」は34歳です）。このように生気あふれる美がそばにあることに、日々驚きを禁じえません。そして日々、不安な気持ちを抱えています。事が「起きる」のではないか、彼女を賛美する大勢の中から、ひとりの若者が現れるのではないかと思っているのです。そのときエマは言うでしょう。「ベルンハルト、別の人を好きになったの。私たち、これからどうしよう？」……この心配はまだ杞憂に終わっています。しかしもっとひどいものが現れました。あなた、ライケさん、静かな「外の世界」です。愛の幻惑のメール、常に感情は揺さぶられ続け、憧れは高まり、情熱は冷めることなく、見かけはまるで実体のあるような目的に向かっている。それはいつまでもはぐらかされ、到達できない最高の目的、とにかく会うこと。しかしそれは決して実現することはない。なぜなら会ってしまえば、この世の幸福の次元が吹き飛ばされるのです。それは完全な充足、終着地がなく、出口もなく、ただ頭の中にだけ存在できる幸福。そんなものに対して、私は無力です。

ライケさん、あなたが「存在して」から、エマは変わりました。心ここにあらずで、遠いところにいるようです。何時間も部屋にこもり、パソコン、つまり夢と希望のつまった宇宙を見つめています。彼女は、彼女の「外の世界」で生き、あなたと生きています。彼女が晴れやかに笑うとき、その笑顔はもはや私には向けられていません。心が離れてしまっている状態は、子どもたちの前ではなんとか隠しています。でも、私の隣ですわっているのが苦痛なことは伝わってきます。これがどんなにつらいかわかりますか？　この状態も、大目に見てやりすごそうとしてきました。エマには、縛られていると思わせたくありません。私たちの間に嫉妬といった感情はまったくありませんでした。しかし突然、私はどこから始めたらいいかわからなくなりました。どこにも何もなく、誰もいなかったのです。本物の人も、現実の問題も、明らかなよそ者も。

そして私はやっと根っこを発見しました。そして恥ずかしくて穴があったら入りたい気分ですが、とうとうこんなことまでしてしまいました。エマの部屋を探ったのです。そしてとうとう隠してあったケースからファイルを見つけました。プリントであふれんばかりのファイル、レオ・ライケという人とのメールのすべてです。きれいに印刷されていました。1ページずつ、メールごとに。私は震える手でコピーをし、数週間、なんとか寝かせておきました。私たちは、ポルトガルでぞっとするような休暇を過ごしました。息子は病気になり、その姉はスポーツインストラクターに激しい恋をしました。妻と私は2週間、顔を突き合わせて何も話さずに過ごしましたが、互いに、すべて順調で、いつもとまったく変わらず、あるべき状態にあり、習慣どおりだと、相手に信じさせようとしました。その後、私に我慢の限界がきました。山歩きの休暇にファイルを持っていき、……マゾヒスティックな自己破壊の衝動に駆られるように、すべてのメールを一晩で読みました。私は最初の妻が死んでから、大きな精神的苦痛にまったく耐えられなくなっていました。それは信じてもらえると思います。そして読み終えたとき、ベッドから立ち上がれなくなりました。娘が救急車を呼び、私は病院に運ばれました。そこから一昨日、妻が連れ帰ってくれました。そして今、あなたはすべてを知ったわけです。

ライケさん、どうかエマに会ってください！　今は、自己を限界まで卑下して書いています。そうです、彼女に会って、一夜を過ごし、セックスをしてください！　それがあなたの望みだとわかっています。私が「許可」します。許可状を出し、あなたをためらいから解放します。裏切りとは考えません。エマが精神的にだけではなく、肉体的にもあなたのそばにいきたがっているのを、私は感じます。彼女はそれを「知り」たがっており、必要だと心底から求めています。それは心くすぐられる気晴らしで、私が彼女に与えられないものです。多くの男たちがエマを慕い、求めますが、私はこれまで、彼女もそうした男たちに性的にひきつけられている、と思ったことはありませんでした。その後、私は、彼女があなたに書いたメールを読みました。そして突然、悟りました。一度、この人という人に欲望がかき起こされると、いかにそれが強くなることかと。ライケさん、あなたは彼女に選ばれた人なのです。私は、ほとんど願うように思っています。一度、彼女とセックスしてください。一度だけ……（ここで、妻がしているように強調して書きます）、一度、一度だけ！　文字から生まれた情熱の目的地をそこに定めてください。そしてケリをつけてください。クライマックスを築いてください……それで終わりにしてください。この世の者ではない、触ることができない人よ、妻を私に帰してください！　私たち家族をまた存在させてください。私の気がすむためではなく、私の子どもたちのためでもなく。ただエマのために、彼女のために。お願いです！

ばつの悪い、つらい救援信号です。恩赦をぞっとしながら求めるのも終わりにします。最後にもうひとつお願いがあります、ライケさん。私には報告はしないでください。あなた方ふたりの物語に、私を巻き込まないでください。私はエマの信用をいいことに、欺き、彼女のプライベートな内密のメールを読んでしまいました。すでに報いは受けました。このスパイ行為を知られたら、彼女の目をもう見られません。私が読んだことを知ったら、彼女は二度と私の目を見てくれないでしょう。彼女は、自分のことも私のことも同じように憎むでしょう。お願いです、ライケさん、そんなことはないようにしてください。このメールのことは黙っていてください。繰り返します。お願いです！

さて今、こうして書いた、この最悪なメールを送信します。

草々　ベルンハルト・ロートナー

4時間後　Re：

前略　ロートナーさん。メールを拝読しました。どう言ったらいいかわかりません。何か言うべきかどうかもわかりません。がくぜんとしています。恥ずかしい思いをしているのは、あなただけではありません。3人とも恥じ入ることになりました。考えなくてはなりません。しばらく身を引きます。何も約束はできません。何も。

草々　レオ・ライケ

翌日　件名：レオ？？？

レオ、どこにいるの？　私、ずっとあなたの声を聞いているの。……いつも同じ言葉、「ちょっと、こんな男と私はずっと話をしていたの？」だけ。この男がどういう話し方をするか、ということだけは、わかりすぎるほどわかった。ただ、その彼はもう何日も話をしない。あの夜、フランスワインを飲みすぎたの？　覚えてる？　ホーホライトナー通り17番地最上階15番に招待してくれたでしょう。「香りを感じるだけ」と、書いたでしょう。知らないだろうけど、何度も私、そこに行きかけた。これまでにないほど。一日中ずっと、あなたのことを考えているの。どうしてメールくれないの？　心配しなくちゃいけないの？

翌日　件名：レオ？？？？？？？？？

レオ、どうしたの？　メールをちょうだい!!　エミ

1時間半後　件名：ロートナーさんへ

前略　ロートナーさん。小さな取引をしませんか。私に約束をしてください。そうすれば、こちらも約束します。つまり、あなたの奥様に、あなたからのメールの内容やその背景については一言ももらしません。ですから、あなたは、奥様から私へのメールや、私から奥様へのメールを「二度と、ただの一通も」読まないでください。きっと今のあなたなら守ってくださると信じています。反対に、私も約束を守ると保証します。わかっていただければ、こう書いてください。はい、と。さもなければ、私は奥様に、ありのままを話し、あなたがご親切にもありのままを教えてくれたと言います。

草々　レオ・ライケ

2時間後　件名：

はい、ライケさん、お約束します。今後、メールは、私あてだとわからなければ読みません。すでに禁じられたものをあまりに読んでしまいました。こちらからまた質問してもいいでしょうか。妻には会いますか？

10分後　Re：

ロートナーさん、それはお答えできません。できたとしても、しないでしょう。私から見れば、あなたは私にメールを書いたことによって、とんでもない過ちを犯しています。あなた方の結婚生活の中でおそらく何年も続いたひどい怠慢のしるしでしょう。私に説明したことすべてを、あなたは奥さんに話すべきでした。しかもかなり初期のうち、始まった頃すぐに。私は心からおすすめしたでしょう。実行してください！　取り戻してください！　ところでまだお願いがあります。私にメールを書かないでください。私に言わなくてはならないとお考えになったことは、すべて吐き出したのではないでしょうか。もうたくさんです。どうぞよろしくお願いします。レオ・ライケ

15分後　Re：
　こんにちは、エミ、仕事でケルンに行っていて、戻ってきたところです。すみませんでした。向こうではめまぐるしいほど忙しくて、落ち着いてメールを書く時間がまったくありませんでした。ご家族がまたお元気になっているといいのですが。ちょうど天気がいいので、数日間旅行をするつもりです。南のどこか、誰も連絡がとれないようなところへ。今の私にはそれが必要だと思います。すっかり疲れ果ててしまったので。戻ったらまたメールします。よい夏の日を。そして、お子さんの腕がまた脱臼したりしないといいですね。
　それではお元気で。レオ

5分後　件名：
彼女は、何ていう人なの？

10分後　Re：
　何ていう人って、誰が？

4分後　件名：
レオ！　私の知性とレオ・アンテナをばかにしないで。めまぐるしい出張があって、好天を利用し尽くすなんて嘘をついて、疲れきったと嘆いて、連絡できないと報告して、よい夏の日を、なんて、押しつけがましく言うなら、私にとって答えは一つ。女よ！　彼女は何ていう人？　でも、まさか……マルレーネ？

8分後　Re：

いえ、エミ、勘違いですよ。マルレーネも、ほかの誰かさんもいません。ただちょっと引きこもらなくてはいけないだけ。この数週間、数か月、疲れきっているんです。休養が必要なんです。

1分後　件名：

私のことを休むため？

5分後　Re：

私のことを休むためです！　数日したら、またメールします。約束します！

3日後　件名：レオがいない！

こんにちは、レオ、私よ。あなたがそこにいないのは、わかってます。今、自分自身から離れるため休んでいるのよね。そんなこと、どうすればできるの？　私もできればいいのに。今とにかく、自分のことから離れて休まないとだめなの。なのに、自分に取り組み、疲れきっている。レオ、白状しないといけないことがあるの。つまり、もちろんそんなことはしなくてもいいし、告白するのはとてもよくないことなんだけど、でも、そうするしかなくなっている。レオ、私は今、ぜんぜん幸せではないの。どうしてか、わかる？（きっと絶対に知りたくないだろうけど、あなたに選択肢はなし。ごめんなさい）私は幸せではない……あなたがいないと。レオからのメールは、私の幸せになくてはならないものなの。メールがないと不幸せで、メールがあると、とても幸せ。あなたの声を知ってから、３倍もメールが愛しくなった。

昨日の晩、数時間ミアと過ごしました。彼女とのこの数年で、いちばんいい時を過ごせたの。どうしてかわかる？（本当にひどいこととはわかっているんだけど、でも聞いてもらわなくちゃいけないの）昨日はとてもよかった。どうしてかといえば、やっと私が不幸になったから。ミアは言っていた。私は、基本的にはずっと変わらないって認めたわ。今回は、彼女の前でも認めた。そのことをミアは喜んでいた。哀れよね？　ミアは、私が特殊な方法、つまり文字を書くことであなたに恋をしたと言うの。それに、あなたがいないと私の一部が死んだも同然、少なくとも不幸せになるんだって。そして、よくわかるわ、だって。驚くことないわよね？　だって、私は夫に恋しているんだから。レオ、本当よ。私は彼を選んだ、彼と彼の子どもたち、彼と私の子どもたちを選んだ。この家族がほしかった、ほかの家族ではなく、今日まで変わらない。あのときは、悲劇的な状況だったんだけど、それは、別のときに話すわ（私が進んで家族の話をしているのに気づいた？……）ベルンハルトに失望したことはないし、これからもないでしょう。絶対に、ない！　彼は私を自由にさせてくれて、すべての望みをかなえてくれる。彼は、教養があって、欲のない、落ち着いた愛すべき人なの。もちろん、なれあってくると、息も詰まるような思いもするわ。時は決まったように流れて、驚きは減る。互いに知り尽くして、秘密もなくなる。

「ひょっとして、ただ秘密が足りないだけじゃないの。きっと、燃えあがるような秘密に恋したのよ」

　とミアは言うの。私は答えたわ。

「どうしよう。急に、ベルンハルトに、燃えあがるような秘密を感じるなんてムリ」

　レオ、あなたはどう思う？　私、ベルンハルトに、燃えあがるような秘密を感じられるかしら？　結婚生活を8年間過ごしたあと、そこに、燃えあがるような秘密をもてるの？

　ああ、レオ、レオ、レオ。今は何もかもがつらい。何もする気になれない。やる気が起きない。何をする気もない。いないの……ただ一人のレオが。これからどうすべきかわからない。知りたくもない。どうでもいいの。大事なのは、またメールを書いてもらうこと。早く、自分からの休養なんて終わらせて。またあなたとワインを飲みたい。私の望みは、またあなたにキスされたいと願っているの（この文章って、文法的に正しい？）。本物のキスはいらない。どんなときも、すぐにどうしてもキスしたいと思って、私にメールを書いてしまう、という人が必要なの。レオが必要なの。ウィスキーの瓶を抱えたまま、とてもさびしくなっちゃった。とてもたくさんウィスキーを飲んじゃったの、レオ。気づいた？　あなたとともに生きられたら、どんなにいいかしら。絶対すぐにキスしたいって、いつまで思ってくれるかしら。数週間、数か月、数年、永遠？　こんなふうに考えてはいけないとわかっている。私は幸せな結婚をしている。でも、それなのに不幸せなの。矛盾していると思う。この矛盾は、あなたのせいなのよ、レオ。ありがとう、話を聞いてくれて。あと1杯ウィスキーを飲むわ。おやすみなさい、レオ。あなたがいなくて、本当にさびしい。見えないけれど、キスするわ。そう、そうするわ。はい、今よ。

2日後　件名：無言

気温30度、自分から離れて休養している人は無言。一昨日のメールが苦痛の極みだったことはわかっている。私、あなたに多くを要求しすぎた、レオ？　信じて、ウィスキーのせいだったの！　ウィスキーと私のせい。私は、何を抱えているのかしら。ウィスキーは、何を私から引っぱり出したのかしら。

さびしいわ。エミ

翌日　件名：

南風……それでもベッドで寝返りばかり。あなたからわずか一文字でももらえれば、すぐに眠れるのに。

おやすみなさい、自分から離れて休養している人へ。

2日後　件名：最後のメール

これは最後のメール、応答はなし！　レオ、こんなことするなんて、ほんとにひどい人ね！　もうやめて、とんでもなくつらいの。なんでもいいわよ、沈黙以外は。

翌日　件名：応答

エミ、生活を変える決断をするのに、数時間しかかかりませんでした。でも、あなたにこの結論を伝えるのに、９日間かかりました。エミ、数週間後にボストンに渡り、少なくとも2年間滞在することになります。向こうの大学でプロジェクトグループを率いるのです。この仕事は、学問的にも、経済的にも、非常に魅力的なものです。今の私の生活は、そうして自然の流れにまかせてもかまわない状況です。ここで捨てることになるものは、わずかしかありません。家族は、私がいずれ海を渡るだろうとわかっていました。わずかな、ごく親しい友人には会えなくなり、さびしくなります。妹のアドリエンヌもです。そしてエミのことも。エミから離れるのは、とくにさびしくなります。

そして2つめの決断もしました。こうして書かなくてはならないのは、指が震えます。でも書きます。このメールのやりとりをやめることにしました。エミ、あなたを頭から追い出さなくてはなりません。あなたは決して、日々の暮らしの中で、私が朝いちばんに思い、夜寝る前に最後に思うべき人にはなれません。これは病気です。あなたはすでに「売約ずみ」で、家族があって、やることがあって、求められること、責任もあります。あなたは、そこにいれば幸せという、自分の世界と強く結びついています。それをあなたは、はっきりわからせてくれました（人は、切望とウィスキーの混ざりあった液体を抱え、不幸な気分で、この前いただいたような文章を書きます。でも、そんな気分は、遅くとも、明くる日目が覚めたときには、また消え去っているのです）。あなたのご主人はあなたを愛しています。それは、長い間ともに暮らしたからこその、妻の愛し方だと確信しています。今、あなたが何か満たされない気持ちでいるのは、結婚生活の外での、ささやかな頭の中の冒険かもしれません。つまり、ノーメイクのふだんの姿に、化粧を施すようなものです。それがもととなって、あなたは私に好意を抱くのです。そこが、私たちのメールのやりとりの土台です。そしてそれが、いつまでも実り豊かに存在すると、錯覚するようになったのでしょう。

さて、私の話です。エミ、私は36歳です（とうとう知られてしまいましたね）。私は、メールの中でしかともにいられない女性と、一生を添い遂げるつもりはありません。ボストンは、新たなスタートにはいいチャンスです。急に、鼻をつまみたいほど保守的な方法で女性と知りあいたくなりました。まず姿を見て、声を聞き、香りを感じて、たぶん、キスするのです。そのあと、その人にメールを書くかもしれません。私たちが歩んだような、ふつうとは逆に進む方法は、とても刺激的ですが、どこにもたどり着けません。私は頭の中のバリケードを解かなくてはなりません。この何か月か、通りできれいな女性を見かけては、エミではないかと考えました。しかし、そのうちの誰も、本物のエミとは比べものにもならず、ライバルにもなりえませんでした。というのも、本物は、社会から隔絶され、完全に私のためだけにパソコンの中に存在しているからです。そこで彼女は、仕事から離れた私を迎えてくれます。そして朝食の前後、いえ朝食の代わりにさえなって、私を待っていてくれます。ともに夜をゆっくり過ごして、最後におやすみと言ってくれます。たびたび、朝、空が白々と明ける頃まで、部屋やベッド、同じ屋根の下で、ひっそりともにいてくれます。しかし最後には、手の届かない場所から出てこなくなります。その姿があまりに華奢で壊れやすく、実体のある私の眼差しに耐えられず、すぐに亀裂が入り、砕けてしまうかのように。この人工的につくられたエミは金銀細工と同じで、すぐに壊れてしまうのでしょう。でも一度でいいから、実際に触れられればよかったのに。彼女は、私が毎日文章を書いている、キーボードの間の空気にすぎませんでした。ふっと息を吹きかけたら……

すぐに消えてしまうでしょう。そう、エミ、もう限界です。メールを終了します。キーボードに息を吹きかけます。そしてノートパソコンを閉じます。お別れです。レオ

翌日　件名：こんな別れって？

さっきのが、最後のメールなの？　そんなのありえない！　最後のメールに抱いていた夢がくずれたわ。レオ、ちょっと！　あなたがそっと姿を消すときに、ユーモアあふれる見事なメールなんて期待していない。でも、このほろ苦くて悲劇的な芝居がかったメールは何なの？　これが別れのメール？　メロドラマみたいにキーボードに息を吹きかけているところを、どんなふうに想像しろというの？　はいはい、いいわ、最近は、私も少し変だった。私もくだらないおしゃべりを始めていた。軽くて飛び回っていた私の心が、ときどきコンクリートの塊みたいに重くなる。そう、メールですっかり胸が占められてしまったの。私は、ミスター匿名さんに少し恋をしている、それはたしかなの。私たちはふたりとも互いを頭から消せなくなっている。それはどちらのせいでもない。でも、だからって、トリスタンとイゾルデを、バーチャルな世界でつくり出す必要はないわ。

ボストンに行きなさい、そうよ、ボストンに行きなさい。私とのメールを断ち切って、終わりにしてしまいなさい。でも、「こんなふうには」終わらせないで!!　文章的にも感情的にもあなたや私の価値をおとしめてしまう。キーボードに息を吹きかけなさい、レーー

オ！　まったくなんてばかばかしいの！　こう考えなくちゃいけないの？「こんな男と私はずっと話をしていたの？」
どうか、あれが私への最後のメールではないと言って。別れには、もっと前向きで、サプライズがあって、大嘘つきな感じで、オチがあるメールがいい。たとえばこんなふうに言って。「エミ、最後に提案します、会いましょう！」……これが、せめてものおもしろい終わりじゃない？（さあ、席をはずしていいかしら。泣きに行くわ）

5時間後　Re：
エミ、最後に提案します、会いましょう！

5分後　件名：
でも、本気じゃないでしょ。

1分後　Re：
いいえ、本気です。こんなこと、ジョークでは言いませんよ、エミ。

2分後　件名：
どう考えればいいの、レオ？　これって、気まぐれ？　私がうまい具合に、ぴったりの言葉を送ったから？　私、あなたのことを、メロドラマ人間からリアルな皮肉屋に変えてしまった？

3分後　Re：
いいえ、エミ、気まぐれではありません。よく考えた結論です。偶然、先に言われただけです。だから、もう一度言います。エミ、直接会うことで、このメールのやりとりを終わりにしたいのです。ボストンに渡る前に、一度、会うだけです。

50秒後　件名：
一度会うだけ？　見返りは何？

3分後　Re：
理解。安心。安堵。判明。友情。文字になったけれど、説明しきれなかった、人格の膨大な謎の解明。バリケードの除去。その後の解放感。北風から身を守る最高の方法、人生のまばゆいひとときの、意味のある終わり。千もの複雑な未解決の質問への、シンプルな解答。または、あなたの言葉を借りれば、「せめてものおもしろい終わり」。

5分後　件名：
ひょっとしたら、少しもおもしろくないかも。

45秒後　Re：
それは私たち次第。

2分後　件名：
私たち、ふたりとも？　今のところ、あなたが勝手に言っているだけなのよ、レオ。私はまだ最後に会うことに「ＯＫ」とは言ってないし、正直なところ、まったくそんな気分じゃないの。まず、この奇妙な「ラストデート」になるファーストデート」についてよく知りたいわ。どこで会いたいの？

55秒後　Re：
エミ、お望みの場所で。

45秒後　件名：
それで、何をするの？

40秒後　Re：
私たちの望むことを。

35秒後　件名：
私たちの望みって？

30秒後　Re：
おのずと、わかるでしょう。

3分後　件名：
たぶん、ボストンからメールをもらったほうがいいかも。そうしたら、私たちのそれぞれの望みなんて、理解する必要はないでしょう。少なくとも私は、自分に望みがあって、何を望んでいるかもわかっている。つまりまさに、ボストンからのメールよ。

1分後　Re：
エミ、ボストンからはメールを送りません。私は終わりにしたいのです、本気です。それがお互いにとって最善だと確信しています。

50秒後　件名：
それで、いつまでメールをくれるの？

2分後　Re：
会うまでです。あなたが、私に絶対に会いたくないと言ったら、話は別ですが。そうしたら、それが終わりになるでしょう。

1分後　件名：
これって脅迫よ、マイスター・レオ！　それに、ずいぶん文章が適当じゃない。最後のメールを読んでみて。こんな書き方をする人が、自分が会いたい人だとは思えないわ。
おやすみなさい。

翌朝　件名：
おはよう、レオ。メッセのカフェ・フーバーでは、絶対に会わない！

1時間後　Re：
あそこにこだわる必要はないですよ。でもどうして？

1分後　件名：
あそこだと、同僚とか、偶然知りあった人に会うから。

2分後　Re：
私たち以上の、偶然の知りあいなんていないでしょう。

50秒後　件名：
そんな考え方で、私とメールしてきて、今は終わらせようとしているの？　それなら、今回の、偶然の知りあいとのはかないデートなんて、すぐにやめましょう。

翌日　件名：

レオ、あなた、いったいどうしたの？　どうして突然、がさつで攻撃的になったの？　どうして私たちの「物語」をそうしておとしめるの？　わざとぶっきらぼうになって、意地悪なことをしようとしているの？　終わりをきれいに飾ってくれる気はないの？

2時間半後　Re：

すみません、エミ。今、なんとか苦労して「私たちの物語」を、頭から追い出そうと必死になっているのです。それが私にとって必要な理由は、説明しましたよね。ボストンの話をしたあと、メールがひどく味気なくなったのはわかっています。こんな書き方は自分でもいやなのですが、無理にでもこうしないといけません。これ以上、自分の感情を「私たちの物語」にそそぎたくないのです。これから壊してしまうところに、何も築きたくないのです。あとは、ただ一度だけ本当に会いたいのです。お互いにとって、いい結果をもたらすでしょう。

2分後　件名：

それで、一度会って、また会いたくなったら、どうするの？

4分後　Re：

私にとって、その可能性はありません。つまり、その可能性は、すでに排除したのです。ただ一度あなたに会うのは、アメリカに行く前に、「私たちの物語」をていねいに終わらせるためなのです。

15分後　件名：

「ていねいに終わらせる」って、どういうこと？　それともこう聞いたほうがいいかしら。会ったあと、あなたのことをどう思ってほしいの？

(1)とてもすてき、でも書いている文章ほどではないわ。これで、落ち着いて、すっきりした気持ちで、私の生活のすべてのファイルから永久に彼を削除できるわ。
(2)こんなつまらない人のために、私は一年も自分の世界の中でどっぷり過ごしていたの？
(3)浮気には理想的な人ね。大西洋の向こう側に、ふわふわ飛んでいってしまうなんて残念。
(4)すばらしい人！　なんてうっとりするような夜だったのかしら！　何か月もメール交換したかいがあったわ。さあ、これで終わり。また、ヨナスのおやつに集中しなきゃ。
(5)なんてこと。これで終わりなのね！　彼のために、ベルンハルトと家族を捨てられたら。悲しいことに、彼は今、私から逃れてアメリカへ行ってしまう。メールも出せない土地へ。でも、彼を待つわ！　毎日、彼のためにろうそくを灯すわ。そして子どもたちと、彼が元気で戻るまで彼のために祈るわ……。

3分後　Re：

あなたの皮肉が聞けなくなると、さびしくなります、エミ！

2分後　件名：

たっぷり皮肉をためこんでから、ボストンに行けるわよ。まだまだたくさんあるから。というわけで、私たちの正式なお別れのとき、どのタイプになりたいの？

5分後　Re：

私はどのタイプにもなりません。私は、私という人間になります。そしてあなたは、私のあるがままを見ることになります。少なくとも、私のあるがままだと、あなたが思うような私を見ることになります。あるいは、私のあるがままだとあなたが思っているとあなたが思いたいように、見るかもしれません。

1分後　件名：

私は、あなたにまた会いたいと思うかしら？

45秒後　Re：
いいえ。

35秒後　件名：
どうして？

50秒後　Re：
それは不可能だから。

1分後　件名：
すべてが可能よ。

45秒後　Re：
それはちがう。今回は初めから不可能なのです。

55秒後　件名：
初めは不可能だと思っていても、あとになると、可能だったと思うものよ。そして、たいていそれは、そんなに最悪な選択肢ではないの。

2分後　Re：

すみません、エミ。あなたが私にまた会いたいと思う可能性は、そういうものではないのです。すぐにわかります。

1分後　件名：

どうしてすぐにわかると、思わなくてはいけないの？　初めて会って、二度と会わなくてもいいと思うとわかっているなら、どうして会わなくてはいけないの？

2分後　件名：

ライケさんへ

前略　ライケさん。私たちは、ずっとひどい日々を過ごしています。この状態が終わらなければ、結婚生活は崩壊してしまいます。あなたがそれを望んでいるとは思えません。どうか、妻に会って、メールを書くのをやめてください（誓って言いますが、あなた方がどんなメール交換をしているのかは知りませんし、今は知りたいとも思いません。ただ、終わりにしてほしいと思うだけです）。

草々　ベルンハルト・ロートナー

3分後　Re：

エミ、なぜ私に会いたいのか（私に会いたいと思っているなら、ですが）、その理由は自分でわかっているはずです。私が言えるのはこれだけ。私はあなたに会いたいのです！　すでに疲れ果てるほど、理由は説明してきました。

　それでは、よい夜を。レオ

1分後　件名：

氷の塊のレオ・ライケさん。「こんな男と私はずっと話をしていたの？」
悲しいわ、本当に。

9

3日後　件名：

こんにちは、レオ。あなたからはもうメールをくれないのね。まだ返事をくれる？　あとどのくらい時間はあるの？　ボストンに出発するのは、いつ？

それでは。エミ

9時間後　Re：

こんばんは、エミ。こちらは残念ながら上を下への大騒ぎ。渡米準備の真っただ中です。出発日は7月16日。2週間後の明日です。もう一度言います。それまでに会えれば、とてもうれしいです。会いたいかどうか、あなた自身が確信がもてないようなら、どうか私のために会ってください。心からの願いです！　ＯＫと言ってもらえれば、最高に幸せです。

その後は、きっと私の気分はずっとよくなります。そして会えば、あなたもいろいろうまくいくようになりますよ。

12分後　件名：

レオ、わからないの？　会って、これが別れるための出会いだと納得して、それからいろいろうまくいくようになるには、ひとつのケースしかないの。つまり一年前からの文章から浮かび上がるイメージとあなたがかけ離れているとわかった場合（最近送られてきている、ひどくつまらないメールは別だけど）。もしあなたがかけ離れていたら、会えばひどくがっかりして、その後は、それがとにかく最後の出会いだったからと考えることで、うまくいくようになるでしょうね。もし会ったあと、私にとっていろいろうまくいくようになると、そんなに自信たっぷりに言うなら、遠回しに言って。私ががっかりする出会いになる、って。そうしたら私は次に聞くから。どうしてがっかりするために、会わなくちゃいけないの？　って。

8分後　Re：

おそらく、あなたががっかりする出会いにはならず、気分もずっとよくなるでしょう。たとえば……今日の気分よりは。

1分後　件名：
今日？　私の今日の気分、知りたいっていうの？
50秒後　Re：
　今日は、気分がよくないでしょう、エミ。
30秒後　件名：
あなたは？
35秒後　Re：
　私もよくありません。
25秒後　件名：
どうしてよくないの？
45秒後　Re：
　あなたと同じ理由で。

50秒後　件名：
でも、あなたのせいなのよ、レオ。私の生活から出て行ってなんて、誰も言ってないのに。

40秒後　Re：
言っています！

40秒後　件名：
誰が？

8分後　件名：
誰が？

翌朝　件名：私が
私が！
私が言っているのです。私と理性が。

1時間半後　件名：
それで、誰が私と会いたがっているの？　やっぱり、あなたと理性？　それとも、あなたと非理性的なもの？　それとも非理性的なものだけ？　それとも（最悪なパターンだけど）、純粋な理性だけ？

20分後　Re：
私、理性、感情、両手、両足、目、鼻、耳、口、すべてです。私のすべてが、あなたに会いたがっているのです、エミ。

3分後　件名：
口？

15分後　Re：
そう、もちろん、話すために。

50秒後　件名：
ああ、そう。

2日後　件名：OK
こんにちは、レオ、わかった、やってみましょう、会いましょう。どうでもよくなってきた。
今週、時間があるのは、いつ？
30分後　Re：
あなたに合わせますよ。水曜でも、木曜でも、金曜でも。
1分後　件名：
明日。
3分後　Re：
明日？　いいですよ、明日。午前、お昼、午後、夜でも。
1分後　件名：
夜。場所は？

10分後　Re：
　お好きなカフェで。お好きなレストランで。お好きな美術館で。お好きな散歩道で。お好きな公園のベンチで。お好きな塀の上で。またはお好きなどこでもいい場所で。

50秒後　件名：
あなたの家で。

8分後　Re：
　なぜ？

40秒後　件名：
なぜ、だめなの？

1分後　Re：
　何を企んでいるの？

55秒後　件名：
あなたは、何を企んでいるの、レオ？　あなたが、別れのために会いたがっているのでしょう、たしかそうだったわよね。

35分後　Re：
何も企んでなどいませんよ。ただ、何か月もともに過ごし、私の人生に大きなものを刻み込んだ女性に会いたいだけです。すてきな声で、「ウィスキー」や「つま先」よりもっと多くの言葉を言ってもらいたいのです。「あなたは、何を企んでいるの、レオ？　あなたが、別れのために会いたがっているのでしょう、たしかそうだったわよね」と言うときの唇を見てみたいのです。この言葉を言うとき、唇はどう動くのだろう、目はどんなふうに輝き、眉はどう上がるのだろう。皮肉を言うときは、どんな身ぶりをするのだろう。何年も吹き続ける夜の北風は、その頬にどんな跡を残しているだろう。エミについて、こういった百もの興味があるのです。

5分後　件名：
興味がわくのが、かなりゆっくりなのね、レオ。顔の研究をするには、夜では、時間が短すぎるんじゃないかしら。何時間くらいを考えているの？　私は、どのくらいいればばいいの？

3分後　Re：
私たちふたりが望むだけ。

1分後　件名：
ふたりの望む時間がちがったら？

4分後　Re：
それなら、時間を短くしたいほうが意思を貫くでしょう。

50秒後　件名：
つまり、「あなた」が、貫くということね。

40秒後　Re：
そんなことは言っていません。

20分後　件名：

驚いた、私たちずっとおしゃべりしているのに、どれだけ言ってないことがあるのかしら。たとえば、挨拶はどうする？　握手する？　肩をたたきあう？　指をすっと伸ばして、手にキスができるようにしましょうか？　北風に育まれた頬を、あなたに向けましょうか。あなたはキスで出迎える？　それとも異星人に会ったみたいに、しばらくじっと見つめあう？

3分後　Re：

グラスワインを渡すので、乾杯しましょうか。私たちのために。

2分後　件名：

ウィスキーもある？　でも、茶色い液体が底で3ミリくらい揺れているような、カビが生えたボトルじゃだめよ。その場合は、「私が」意思を貫いて、早く終わらせるわ。

1分後　Re：

ウィスキーに関しては、問題ありません。

45秒後　件名：
ほかに問題は？

2分後　Re：
何もありません。すばらしく、心地よい、健康的な、貴重な時間となるでしょう、エミ。
すぐにわかります。

3分後　件名：
もう少し時間ある、レオ？　もう遅いのはわかっている。でも、あと1杯、赤ワインを用意して。そのほうが、いつもずっとよくなるから。頭の中でぐるぐる回っている、質問をいくつかしてみたいの。たとえば、私のスペシャルテーマ。
(1)「別れの夜」、あなたが、私とセックスしたいと思うことは、ありえると思う？
(2)私が、あなたとセックスしたいと思うことは、ありえると思う？
(3)どちらもありえたら（そして本当にそれをしたら）、そのあと、私たちにとって、いろいろうまくいくと、本当に思う？　つまり、約束したようなものでしょう。「会えば、あなたもいろいろうまくいくようになりますよ」って。
(4)そのあと、私があなたに二度と会いたいと思わないと、どうして予測するの？

10分後　Re：

⑴私がセックスしたいと思うかどうかは、ありえることだと思いますが、態度に表さないほうがいいでしょう。

⑵あなたがセックスしたいと思うかどうかは、ありえることだと思いますが、それほどありえるとは思えません。

⑶そのあと、私たちにとって、いろいろうまくいくかどうか。はい、私は、そう思います。

⑷あなたは、私にもう会いたいとは思いません。なぜなら、あなたには家族がいて、会ったあとの、自分の居場所をよくわかっているからです。

7分後　件名：

⑴あなたがセックスしたいと思ったら、私がそれに気づかないと思う？

⑵私がしたいと思えるかどうか。「それほどありえるとは思えない」というのは、真実からそれほど遠くはないわね（あなたはそんなことを言って、まちがった希望を抱かないようにしているのね）。

⑶そのあと、うまくいくということ。あなたがいかにもそのあたりの男っぽく話したら、うまくいくわ。そういうときのあなたは、とっても俗っぽくなるから。

⑷私が、自分の居場所がわかるかということ。本当にそう思うの？　あなたは最初から、

私自身よりもきちんと判断できると、初めから思っているの？
それから寝る前に、最後の質問よ、レオ。まだ少しは私に恋している？

1分後　Re：
　少しは？

2分後　件名：
おやすみなさい。私はあなたにとても恋しているの。会うのが怖い。会ったあと、あなたがいなくなってさびしくなるなんて、想像できないし、したくないの。エミ

3分後　Re：
「さびしくなること」については、考えないほうがいいですよ。考えると、さびしくなるものですから。
　おやすみなさい。レオ

翌朝　件名：
おはよう、レオ。眠れなかったわ。今夜、本当にあなたの家に行きましょうか？

5分後　Re：

おはよう、エミ。すてきですね、一緒に眠れない夜を過ごせましたね。はい、来てください。夜7時で平気ですか？　その時間なら、しばらくテラスのテーブルで過ごせますよ。

2時間後　件名：

レオ、レオ、レオ、今夜が、あなたが思っているより、すてきになったら？　あなたが会う女に恋をしたら。皮肉を言う身ぶりに、言葉の調子に、手の動きに、目に、髪に（胸は除外）、右の耳たぶに、左のすねに、どこでもいいけど、恋をしたら？　私たちがネットの世界以上に強く結びつきあっている、私たちふたりがおしゃべりを続けていたのも偶然ではないと、感じたら？　……レオ、それでも、私に会いたいと思うことはありえないの？

これからも、ボストンからでもメールを続けたいと思うことはありえないの？　私と一緒にいたいと思うことはありえないの？　私と生きたいと思うことはありえないの？

10分後　Re：

エミ、あなたは私と生きられるような、自由の身ではないんですよ。

35分後　件名：
あなたと生きられるような、自由の身だったら？
45分後　件名：
レーーーオ、答えは思いつかないの？
3分後　Re：
　エミ、あまりに仮定の話ばかりだ、と私が思っているとしたら？　あなたが現在も、未来も自由ではないという単純な理由から、あなたが自由だとは、私が思えないのだとしたら？　今夜、私と自由になるために、あなたが家族から「自由に」なったら、それはすてきなことで、私にとっても、いいことでしょう（あなたにとっても、いいことだと、うれしいです）。しかしそれは、あなたが私のためにずっと自由でいられるということではないのです。仮定の話も、ふだんの私なら、まったく平気で考えられるしょう。しかしこれほど魅惑的な仮定の話は、がんばっても考えられないのです。
　この機会にもう一度、お尋ねしてもいいですか？　……こういう質問はお好きではないとわかっています。でも、この場では、かなり大切な問題だと思っています。つまり、ご主人に、今夜どこに行くと話しているのですか？

9分後　件名：

レオ、その話、やめられないの!!　彼にはこう言うの。男友達に会うって。こう聞かれるわ。

「ぼくが知っている人？」

そうしたらこう答えるの。

「彼について話していないとは思わないわ」それからこう言うの。「私たち、たくさん話すことがあるから、遅くなるかもしれない」

彼はこう言うわ。

「楽しんできて」

20分後　Re：
それで、帰りが明け方にやっと、ということになったら？　彼はどう言うの？

3分後　件名：
明け方にやっと私が帰ることも、ありえると思うの？　まったく新しい可能性ね。

8分後　Re：
エミ・ロートナーはどう言うか。……「初めは不可能だと思っていても、あとになると、可能だったと思うもの」と言うでしょうか。つまり、すべてがひとつの可能性。だんだん私にもそう思えてきました。

4分後　件名：

うわっ、おもしろいわね。あなたがこんなふうに話すの、大好き（ひょっとして、私自身が言った言葉だからかも）。それから、あと4時間しかない。カフェの3人のエミのうち、誰がドアを開けるか、言っておきましょうか。

3分後　Re：

エミ、だめ、言わないで！　反対に、こちらから提案。笑いとばさないでくださいね。まじめな話ですよ。ドアの鍵は開けておきます。中に入ってくださいね。そして玄関から、左側の最初の部屋へどうぞ。照明は落としておきます。……私は、あなたの姿が見えないまま、あなたを抱きしめます。暗闇でキスします。一度だけ。たった一度だけのキスです！

50秒後　件名：

それから、私は帰るの？

３分後　Re：
いえ、それはだめ！　キスを一度だけ……そしてブラインドを上げて、キスをした相手を一緒に確かめるのです。それからワイングラスを渡しますから、ふたりのため乾杯しましょう。そのとき、それからのことがわかるでしょう。

１分後　件名：
私には、ウィスキーね！　あとは、その挨拶の儀式、了解したわ。目隠しを布を使わずにするっていうことね。それにずっとロマンチック。いいわ、やりましょう！　ねえ、本当にするの？　ばかげているわよね、どう？

40秒後　Re：
もちろん、本当にやりますよ！

４分後　件名：
でも、レオ、それってかなりリスキーね。あなたのキスの仕方が好きかどうか、まったくわからない。どんなふうにキスするの？　ぎゅっと、それとも、そっと？　さらりと、それとも、べったりと？　歯はどんな感じ？　とがっている、それとも平たい？　舌はどんなふうに出してくるの？　プラスチックみたい？　それともスポンジみたい？　キスするとき、目は開ける、それとも閉じる？（オーケー、これは暗闇で試すのだから、どうでもいいわね）手はどうするの？　私に触れる？　どこを？　どのくらい強く？　静かに、それとも、息遣い荒く、それとも口で音をたてる？　さあ、レオ、教えて。どんなふうにキスするの？

3分後　Re：
　キスは、言葉のごとく。

50秒後　件名：
　今回は生来の力強い感じね、悪くないわ、レオ。だけどね、あなたの言葉って、とてもいろいろなのよ！

45秒後　Re：
　私も、とてもいろいろなキスをします。

4分後　件名：
昨日や今日のメールのようなキスをしてくれると、約束してくれる？　それなら、チャレンジするわ！

35秒後　Re：
では、チャレンジしてください！

12分後　件名：
それでキスのあと、もっとしたくなったら？

40秒後　Re：
そうなったら、もっとしましょう。

50秒後　件名：
それからもっとする？

35秒後　Re：
　そのとき、はっきりわかるでしょう。

2分後　件名：
ふたりが一緒にわかるといいわね。

4分後　Re：
　どちらかがわかったら、相手もわかるでしょう。それから、エミ。あとたったの2時間弱しかありませんよ。そろそろメールをやめて、次元を飛び越える準備をしないと。告白しますが、とても興奮しています。

8分後　件名：
何を着ていったらいいのかしら。

1分後　Re：
　お好みにおまかせします、エミ。

55秒後　件名：
でも、あなたの夢にまかせたいの、レオ。

2分後　Re：
私の夢には、今はまかせないほうがいいですよ。暴走気味ですから。それに、何かしら着るべきでしょうし。

3分半後　件名：
挨拶のキスのあと、ふたりとも手を離せなくなって、すぐにブラインドを上げない可能性が高くなるような服を着ていくべき？

40秒後　Re：
この答えが短すぎないようならいいけれど。はい！

1分半後　件名：
「はい！」という返事を求めている質問への「はい！」なら、短すぎるなんてことはないわ。それなら、とてもきれいだね、とほめてもらえるくらいの支度をするわ。私の心臓がろっ骨を打ち破ったりしなければ、1時間半後にあなたの家で会いましょうね、レオ。

3分半後　Re：

最上階15番で、インターホンを鳴らしてください。エレベータのところで142と押して、最上階まで上がってきて。そこにはドアは一つしかありません。鍵は開いています。音楽の響く左の部屋に入って。あなたに会えるのが、とても楽しみです！

50秒後　件名：

私も楽しみ、レオ。「あなた」に会えるのがうれしくて仕方ないの、レオ。私がエミよ。それから、とても親しい人としか、暗闇でキスしたことはないの。だから、レオも、敬語はやめてね。ごく親しい友達と思って話してね。ところで私は34歳。レオより2歳若いわね。言っちゃって、よかったかしら。

2分後　Re：

エミ、もう一度「ボストン」の話を詳しくしないといけないでしょうね。ボストンについてまちがったイメージをもっているみたいだから。もしかしたら、私とボストン、両方のイメージがまちがっているかも。ボストンは、あなたが思っているのとは、まったくちがうんですよ。きちんと説明しないと。説明しないといけないことがたくさんあるんだ！

理解すべきこともたくさん！　わかる？

1分半後　件名：

ゆっくり、ゆっくりね、レオ。ひとつずつ、ゆっくり。ボストンは待ってくれる。説明も。理解も。今はまずキスしましょ。では、あとでね、大好きなレオ！

45秒後　Re：

あとでね、大好きなエミ！

10

翌日の晩　件名：北風

レオ、許してもらえないとわかっている。あなたが「黙っている」から、わかるの。何も聞かないのね。そう、一度も聞かないのね。戒めようとしているのね。怒り狂ったりもせず、救ってほしいと手も伸ばさず、絶望の声もあげない。何もしない。じっと黙っている。何も言わずに、ただ我慢している。どうして、と理由も聞かない。わかっているようなふりをしている。そうしてさらに私を罰しているのね。がっかりしているだろうけど、それは私の気持ちには半分も及ばない。なぜかといえば、私ががっかりしているのは、あなたについての想像も加わっているからよ。レオ、言っておくわ、どうして最後の瞬間に、……決まり文句的に言っているんじゃないのよ、本当に最後の瞬間だったの……言うわ、どうしてあなたのところに行けなかったのか。一文字のせいなの、ただ一つの文字のまちがい、そこにあってはいけないところに最悪のタイミングで入ったの。レオ、あなた、聞いたでしょう。「ベルンハルトにどう話すのか?」って。私の答えを覚えている? ……「彼にはこう言うの。『男友達に会う』って」……そのとおりに言ったわ。「こう聞かれるわ。『ぼくが知っている人?』」……まさにそう聞かれたわ。「そうしたらこう答えるの。『彼について話していないとは思わないわ』」……そう答えたのよ。「それからこう言うの。『私たち、たくさん話すことがあるから、遅くなるかもしれない』」……そうよ、ちゃんとこのとおりに話したの。「彼はこう言うわ。『楽しんできて』」……そう、レオ、彼はそう言ったわ。でもそこに一言付け加えたの。彼はこう言った。「楽しんできて、エミ」と。いつもの「楽しんできて」だった。そのあと、間を置いたの。それから、この「エミ」がきた。一息、一息以上だった。その風が心の奥底まで吹き込んだわ。彼はいつも私を「エマ」と呼ぶの。エマとだけ。「エミ」なんて、何年も言ったことはない。最後にいつ言われたか、覚えてもいないわ。

レオ、Aの代わりにIよ、この異質な一文字のせいで、ショックを受けてしまったの。彼の口からは聞きたくなかった。彼はそれを言ってはいけなかったの。その響きは、仮面をはぐようで、幻を打ち砕くようで、とても破壊的だった。まるで私の状況に気づいていて、お見通しのような感じだった。こう言おうとしているかのようだった。「わかっているんだ、君は『エミ』になりたいのか、とうとうまた『エミ』になりたくなったのか。それなら『エミ』になって、楽しんでおいで」と。そして私は、こんな恐ろしいことを言わなくてはならないかのようだった。言わなくてはならなかったのかも。「ベルンハルト、私、エミになりたいだけじゃないの、エミなのよ！　でも、あなたのエミじゃない。別の人のエミなの。彼は私に会ったこともないけど、私を見つけ出したの。私のことがわかったの。隠れていたのに、私を引っぱり出したの。私は彼のエミなの。レオにとって、私はエミなの。信じてもらえない？　ちゃんと説明できるわ。文字で書いてあるの」

良心がとがめるかって？　いいえ、レオ、まったくベルンハルトに対しては、良心はとがめない。ただ、自分のことが怖い。

私は自分の部屋に入って、あなたにメールしたかった。何も浮かばなかった。なんとかこう書いたわ。「大好きなレオ、今日は行けません。たいへんなことになって、心が破裂しそうなの」と。しばらく、その文章をじっと見て、また消しました。あなたを拒絶することはできなかった。自分自身を拒絶するのと同じ気がしたから。

レオ、何かが起きたの。私の気持ちはパソコンを飛び出してしまった。たぶん、私はあなたを愛している。そして、ベルンハルトはそれを感じたの。寒いわ。北風が吹きつけてくる。

私たち、これからどうすればいいの？

10分後　Re‥

　メールアドレスが変更されています。設定された受信者は、このアドレスではメールを受け取れません。今後のメールは自動的に消去されます。ご質問はシステムマネージャーへどうぞ。

■著 者 略 歴

ダニエル・グラッタウアー（Daniel Glattauer）

1960年ウィーン生まれ。『クリスマスの犬』（Der Weihnachtshund, 2000）がドラマ化されるなど、ドイツ語圏でもっとも成功している作家の一人。

本作は、ドイツ書籍賞にノミネートされたほか、amazon.deの2009年年間ベスト1となった人気作。

■訳 者 略 歴

若松宣子（わかまつ・のりこ）

翻訳家。中央大学文学部博士課程修了。中央大学、白百合女子大学非常勤講師。

訳書に、エーリヒ・ケストナー『飛ぶ教室』（偕成社）、エーリカ・マン『シュトッフェルの飛行船』（岩波書店）、H・G・エーヴェルス、ハンス・クナイフェル『温室惑星ローズガーデン』（早川書房）などがある。

北風《きたかぜ》の吹《ふ》く夜《よる》には

2012年 3 月10日　第 1 刷発行

著　者　　ダニエル・グラッタウアー
発行者　　前田俊秀
発行所　　株式会社 三修社
〒150-0001　東京都渋谷区神宮前2-2-22
TEL03-3405-4511　FAX03-3405-4522
http://www.sanshusha.co.jp
振替00190-9-72758
編集担当　伊吹和真
印　刷　　倉敷印刷株式会社
製　本　　牧製本印刷株式会社

ISBN978-4-384-05615-0 C0097